買われた令嬢は蜜愛に縛られる

An Yoshida
吉田行

Honey Novel

Illustration

Ciel

CONTENTS

一　破綻

飯田橋で市電を降り、狭い坂を上る。地味な小紋に男物のような半幅帯、夏用の絽の羽織は地味すぎただろうか。

夏の宵、かなり暗くなってから甲野小夜子は指定された料亭を訪れた。人目につきたくなかった。それが装いにも表れている。

（こんなふうに）

我が身を売り渡すとは思わなかった。

自分は実業家の大野隆の妾になる。彼とこれから初めて二人きりで会うのだ。

小夜子の家は元士族だった。祖父は江戸城に勤める武士だったが幕末の御一新が起こり、一族は職を失った。

それでも小夜子が子供の頃は教師となった父の給料で並みの生活はできた。だが知り合いから勧められた先物取引が暴落し、父は膨大な借金を背負った。小夜子が女子学校に通っている時だった。まだ下には弟が二人いる。

そんな時、知り合いの実業家である大野隆が話を持ちかけてきたのだ。彼は貿易で莫大な利益を上げていた。普段から隆とした背広に身を包み、自前の車も持っている。

それでも年齢は小夜子の父と同年代だった。大野の秘書が話を持ってきた時、母の妙は猛反対だった。

「馬鹿なことをおっしゃらないで。小夜子は女子学校まで行かせた大事な娘ですよ。いくらお金持ちでもお妾なんて」

怒り狂う母とは対照的に父親は無言だった。大野の秘書は淡々と説得する。

「大野さんには子供がいません。奥様は病を得ているので離縁はできませんが、子供ができればその子は大野商事の跡取りです。時が来れば正式な妻になれるでしょう」

「だからって、一度も結婚していない小夜子をいきなり妾にできません」

まだ怒りの収まらぬ妙の目の前に秘書の男は分厚い封筒を一つ置いた。

「親御さんのお気持ちはごもっともです。こちらは今日の迷惑料で、お返ししていただかなくても結構ですよ」

封筒の中には驚くほどの金額が入っていた。それを見た父と母の目の色が変わるのを小夜子は見てしまった。毎月借金の支払いにきゅうきゅうとしていたのを知っている。

その夜、小夜子は母に妾の件を受け入れる、と言ったのだ。

「だって、お前」

反対する妙の声も、すでに迫力はなかった。金の力に親の心が負けてしまったのだ。

「お妾さんとは言ってもきちんと屋敷を用意してくれるし、お手伝いさんだっているのよ。私は旦那さんを待ちながら勉強を続けるわ」

小夜子は女学校で成績がよかった。父のように教師の道に進むことも考えていたのだ。師範学校に進めば学費はかからない。

だが金を稼げるようになるにはまだ何年もかかる。この家には今、資金が必要なのだ。

(どうなってもいい。どうせ、誰かのものにならなければならない)

小夜子の通う女学校でも級友が次々と婚約していった。途中で退学し、結婚する者もいる。

『卒業まで通うのは貰い手のつかない娘』

そんな評判に踊らされる娘もいた。

(女とはなんとつまらない)

同年代の男たちは立身出世を夢見て勉強しているのに、自分たちはもう結婚のことを考えなくてはならない。

だったら莫大な支度金と引き換えに妾になってもいいではないか、そんな投げやりな気持ちだった。

心を決めた小夜子は淡々と卒業までの日々を過ごした。

「もったいないわ、小夜子さんはクラスで一番優秀なのに」

友人の高田芳子は小夜子の身の上を案じてくれる。

「私は卒業したらすぐ銀行員と結婚するの。その人の知り合いで小夜子さんを貰ってくれる人がきっといるわ」

友人の気持ちは嬉しかったが、借金を相手の家庭に背負わせるわけにはいかない。

「いいのよ、私はもう。そんなふうに貰ってくれても、結局夫の家に遠慮しながら生きなければならないわ。私は自分のためにお妾になるのよ」

諦めたように言うと芳子は悲しそうな顔をした。

「よく決心してくれた。君のことは以前から磨けば光ると思っておったのだよ」

大野隆が小夜子の実家に挨拶に来た時そう言われて、小夜子は背筋が寒くなった。

彼と知り合いになったのは女学校へ上がる直前の頃だ。そんな時から自分に目をつけていたのか——父の知り合いとしか思っていなかった男から女と見られていた。小夜子は空恐ろしかった。

(もう、どうでもいい)

大野のことを愛せるようになるとは思えなかった。だがもう道は残されていない。

家の借金は総額二千円、毎月の利息だけで二百円にもなる。この利息は毎月大野が肩代わりしてくれ、小夜子が正式な妾になったら借金は全額支払ってくれることになっていた。

話が決まってからこの家には雨のように物品が降り注いでいる。肉屋や魚屋から食べたこともない高級な食材、絹の着物、仕立券つきの生地など贅沢なものが次々と届けられていた。

そんなものを当たり前のように受け取り、『大野さんにお礼を言っておいて』と言う父母が恐ろしい。

一番上の弟、一郎(いちろう)だけは渋い顔をしていた。来年上の学校へ上がる彼だけは姉の境遇を理解していた。

「姉様、お妾などにならんでください。僕が来年から学校へ行かず働きますから」

ある夜、一郎が目の前に正座をして言った。目には涙が浮かんでいる。

小夜子は弟の気持ちが嬉しかった。彼のためだけに妾になろうと思った。

「一郎さん、ありがとう。私を思ってくれるなら、頑張って勉強して頂戴」

小夜子は最近急に大きくなってきた弟の手を握った。

大野はまるで本当の婿のようにしばらく甲野家へ出入りしていたのだが、やがてあまり来なくなった。どうやら仕事が忙しいらしい。

そして、ある日秘書の男がやってきた。

「家に入る前に一度、小夜子さんと二人きりでお会いしたいそうです」

彼が指定してきたのは神楽坂(かぐらざか)の待合だった。小夜子にもその意味するところはわかる。

母は反対した。

「うちの娘は玄人(くろうと)じゃないんですよ。待合だなんて。話だけなら昼間、レストランで会えばいいじゃないですか」

そう抗弁しても、すでに父母は大野に逆らえなくなっていた。利息以外にもことあるごとに支度金の名目で金を受け取っている。総額いくらになっているかもうわからないのだろう。

「母様、いいのよ。待合に行きます」

もう五反田に家もできていた。新築の、白木の匂いがする小さな家だった。箪笥はもうすぐ運び込まれるだろう。その中に入る着物はすべて百貨店でそろえてある。

（今夜が初夜なのかもしれない）

親兄弟も友人も誰も知らない、自分と大野だけの儀式。

自分にはそんなものがふさわしいのだろう。せめてもと大野に買ってもらった華やかな着物ではなく、一番気に入っている紬の単衣に袖を通した。心まで渡すつもりはない、ささやかな抵抗の気持ちだった。

神楽坂の待合に着くと、離れの部屋に通される。食事を勧められたがお茶だけで待つことにした。食欲など出るはずもない。

（今夜、あの男のものになるのか）

大野に対して、いまだになんの感情も持つことができない。少し背が低い、小太りの中年男だ。

彼が自分を抱く、そのことに現実感が持てない。

（彼の前で肌を晒せるだろうか）

基本的な性の知識は持っているが、自分にそんなことができるとは思えない。実感が湧かなかった。

(でも、私はなにも考えなくていいんだわ)

年上の大野にすべて任せればいい。彼もそれを望んでいる。

(女はなにも知らないほうがいい)

彼が望んでいるのは世間知らずの初心(うぶ)な娘だった。そんな女を囲い込んで自分のものにしたいのだ。

だったら彼の望むまま、無垢(むく)な女を演じればいい。それで普通の男が稼げぬような金が手に入るのだから。

(早く来て欲しい)

大野は約束の時間になっても現れなかった。早くこの夜が終わって欲しいのに、始まりすらやってこない。

障子の外はすでに深い夜だった。中庭にある石灯籠(いしどうろう)の明かりがぼんやりと透けて見える。

「お連れ様がいらっしゃいました」

ようやく大野が現れたのか。小夜子は彼を出迎えるため座布団から下りて畳の上に両手をついた。

だが。

現れたのは大野ではなかった。

部屋に入ってきたのは背の高い男だ。若い、自分より少し年上くらいだろうか。

大野のように仕立てのいい背広を着ている。鼻筋がすっと高くて、まるで西洋人のようだった。

「あの」

大野の秘書だろうか。自分は一人しか知らないが、他の部下かもしれない。

「あなたが甲野小夜子さんか」

彼が膝をついて自分を覗(のぞ)き込む。その無遠慮な視線に思わず顔を逸(そ)らした。大野のものになる身だが、他の男に晒されたくはない。

「そうです。大野さんはどうされたのですか。あの方がいらっしゃらないなら帰ります」

今夜は大野は来られなくなったのだろう。安堵(あんど)している自分がいた。このまま帰って、もうしばらくは娘のままでいられる。

だが男は視線を逸らそうとはしない。

「大野隆ならここには来ない。これからもずっとだ」

「えっ」

この男はなにを言っているのだろう。

「大野さんがどうかされたのですか」

病で倒れたのだろうか。健康そうな男だったのに。

だが、彼の答えは意外なものだった。

「大野商会は倒産した。彼の財産はすべて銀行の管理下に置かれることとなったのだ」

小夜子は声も出なかった。

(そんな)

打ち出の小づちのように際限もなく金を与えてくれた彼、そんな彼の会社が倒産?

(でも)

そうならば、彼のものにならなくても済む。

突然目の前が明るく開かれたようだ。

「あの」

立ち上がろうとした小夜子の肩を男が押さえた。その無遠慮な態度に腹が立つ。

(私を芸者と間違えているのかしら)

「触らないでください。大野さんがいらっしゃらないのなら私は帰りますわ」

「なにかを勘違いしているようだが、あなたも大野氏の財産の一部だ」

「ええっ」

彼は一枚の書類を自分の前に差し出す。そこには父の名前が書いてあった。

「大野はあなたのための金を銀行から借りた。その保証人はあなたの父になっている。大野が逃げたのでその金は父上に返してもらわなければならない」

「そんな！」

いつ父が大野の保証人になったのか、小夜子は記憶をたどる。そういえば卒業してしばらくした時、彼の秘書が家を訪れて父になにか書かせていた。

「これはいったい」

戸惑う父に秘書の男はいつもの優し気な笑みを見せた。

「大したことはありません。家の購入のためお父様のお名前をお借りしたいのです。最終的に小夜子様のものになるのだから安心ですよ」

そう言われて父は書類をよく読みもせず印鑑を押していた。思えばあの時、すでに大野は資金繰りに困っていたのだ。

(そんな状況なのに私を抱こうとしていたんだわ)

すでに会社の破綻は近づいていたはずだ。そんな状況で自分を呼び出した彼の狡さに怒りが湧く。自分の純潔だけ奪って逃げるつもりだったのか。

「あなたの父を保障人にして借りた金は四千円だ」

目の前が昏くなった。

「私の家の借金は二千円のはずです。どうして倍になっているのですか」

「そんなことは知らぬ。おそらくあなたのための屋敷や支度金や、この待合の支払いに使うつもりだったのだろう。彼も手元不如意では逃げることもできないだろう」

怒りで頭がおかしくなりそうだ。大野が頼んでもいないのによこした贅沢品もこの金から出ていたのだとしたら、自分で自分の借金を増やしていたことになる。

「そんなもの、うちの家族は払いません。払う必要があるのですか」

そう詰め寄っても彼の表情は変わらなかった。

「そんな事情は知ったことではない。嫌ならあなたの家族が大野を見つけてきて払わせるしかない」

「そんな……」

ただの教師である父や、家庭のことしか知らない母に可能だろうか。探偵を頼んでも金がかかるだろう。

(無理だわ)

なにより、やっと金の苦労から解放されたと思っている両親に苦労をかけたくなかった。ここで借金が増えてしまったら、二人とも気力をなくしてしまうだろう。弟たちが奉公に出されてしまうかもしれない。

大野の債権四千円、実家の借金二千円を全部合わせて返済する方法はないだろうか。

「……私はどうすればいいんですか」

半ばやけになっていた。それほどの金をどうすればいいのか。

「女中奉公でもなんでもします。私をどこかに紹介してください。結婚せずに一生働きますわ」

彼の顔がさらに近づいてきた。小夜子はその時やっと、この銀行員がとても美しい顔をしていることに気がついた。

阪東妻三郎を少し優男にしたような整った顔立ちだった。それに肌が陶器のように白い。アメリカ映画の俳優のようだ。こんな時でなければ見とれてしまっただろう。

だが、その視線はとても冷たい。

「あなたが八十まで奉公したって返せる金額ではないし、とてもそんな時間はかけられない。我々はすぐにでも四千円、あなたから返してもらわなければ」

小夜子は言葉に詰まった。今借金に苦しんでいる家族に再び追加でこれほどの大金を背負わせるのか、それとも――。

「わかりました」

頭ががんがんしてなにも考えられない。もうどうなってもいい、そんな投げやりな気持ちだった。

「置屋でも妓楼でも、どこにでも私を売ってください。それなら二千円にはなるでしょう」

どうせ大野の妾になろうとした身、底辺まで堕ちても構わない、小夜子はもう自分の人生を諦めていた。

すると、男は薄く笑った。それは恐ろしく美しく、そして冷酷だった。

「三味線はできるのか？　踊りはどうだ」

「い、いえ……」

裁縫や家事は一通りできるが、そういった芸事はやったことがなかった。士族の家柄である親はそういったことを嫌がる傾向があった。

「そんな女を置屋に連れていっても高い値はつかない。芸者は子供の頃から師匠に鍛えられて座敷に上がるのだ」

「では妓楼に連れていってください。私は十八歳なのですぐ働けます」

銀行家はとうとう大声で笑い出した。

「ははは、妓楼の生活がどんなものか知っているのか。あなたは若く顔もいいから人気が出るだろう。妓楼は一日何人も客を取らせる。十人も二十人もだ。そんな生活に耐えられるか」

血の気が引いた。大野一人を相手にするにも我慢が必要だったのに、見ず知らずの男をそんなに相手にしなければならないのか。

「人数が多ければ病気になる確率も上がる。二十代で死ぬ女も多い。生きて年季が明けても体はぼろぼろでまともな生き方はできまい。女の地獄だぞ」

「やめてください！」

小夜子はとうとう耳を塞いで悲鳴を上げた。

「どうしろと言うんです！　四千円なんて大金、どうやって工面すればいいの」

銀行家はじっと小夜子を見つめていた。まるで観察されているようだ。

「金を稼ぎたいなら、金持ちを相手にすることだ。本当に欲しい女なら一晩で百円でも千円でも出す男はいる」

小夜子には信じられなかった。百円だって千円だって大金だ。それほどの金を一晩で払ってくれる男がいるのか。

「ならば」

そんな男を紹介してくれ、そう言おうとした小夜子の顎を男が指で摑んだ。

「なにをするの！」

「それにはただの女では駄目だ。若く美しいだけなら大勢いる。たとえ処女でも大した価値はない」

悔しさで涙が出そうだった。命の次に大事な操すら価値はないのか。

「貴重なのは、どんな男でも心から喜ぶ女だ。本気で感じ、男を受け入れる女こそ貴重だ。そんな女なら男はいくらでも金を払うだろう」

「……受け入れます、どんな男性でも嫌とは言いません」

銀行家はまた笑った。

「股を開くことを受け入れると思っているのか?」

顔が焼けるように熱い。銀行家がこんな卑猥な言葉を言うなんて。

「あなた、本当に銀行家なのですか? 女衒のようだわ」

そう言うと男はすっと立ち上がった。顔だけではなく、足も西洋人のように長い。

「ついてこい」

「どこへ?」

「お前は拒絶することはできない。もう私の債権なのだから」

抵抗したかったが、小夜子には逆らうすべもなかった。大野はやってこない。家に帰ることもできない。

料亭の外に出ると、目の前に現れたのは黒塗りの車だった。大野の乗っていたものよりずっと大きい。

「乗りなさい」

運転手が後部座席を開ける。しかし小夜子の足は止まった。

(本当に大野さんの会社は倒産したのかしら)

この、名も知らぬ男が嘘を言っている可能性もある。書類などいくらでも偽造できる。

「どうした。早く入れ」

「……私はあなたの名前すら知らないわ。本当に銀行家なのですか」

彼は苦笑して懐から財布のようなものを取り出した。

「用心深いな、いいことだ」

男は葉書より小さな紙を渡した。そこには活字でこう記されている。

『帝国銀行　債務事業部　部長　安岡秀樹』

帝国銀行と言えば誰もが知る大銀行だった。そこの行員、しかも若くして役付きなのか。

「安心しろ。いきなりお前を攫ったりしない。まずは大野商会に行こうか」

小夜子は仕方なく車に乗り込んだ。中の椅子はまるでソファーのように柔らかい。隣に安岡秀樹が乗り込んだ。

「神田の大野商会に行ってくれ」

白い手袋をはめた運転手は鮮やかな手つきで神楽坂の坂を下りていく。神田川の橋を渡り御茶ノ水の街へ入った。

「ああ！」

大野商会は市電の通る大通りに面したビルだった。そこにあわただしく人が出入りしている。紙の束を持った人間が中に押し入ろうとして玄関の前に立っている者と押し問答になっている。車はその側に止まった。

「お前はこの中にいるんだ。私は部下と話をしてくる」

安岡秀樹は車から出ると人込みの中へ歩み寄った。玄関の前にいる若い男は彼の顔を見ると少しほっとした顔になる。小夜子は車の窓を少し開けて外の声を聞いた。

「貴様、帝国銀行の者か！」

「大野さんには大金を貸しているんだ、焦げついたらこちらも倒産する」

安岡秀樹に大勢の人間が詰め寄る。どうやら大野商会の債権者らしい。

安岡秀樹は玄関の段に上がって彼らに呼びかける。

「皆さん、この建物はすでに帝国銀行の管理下に入っています。中のものは紙一枚、筆一本もうちのものです。債権者の方にはのちほど管財担当者から連絡をいたしますので今夜はお戻りください」

彼の声は丁寧だが有無を言わせぬ重々しさがあった。だが債権者たちはそれで引き下がるような人間だけではない。

「銀行だけが助かろうというのか。財産を独り占めするつもりだろう」

「この扉を開けろ。机や椅子を処分してでも借金を回収するぞ」

「社長はどこへ行った」

小夜子はどきりとした。そうだ、大野隆、自分を身請けするはずだった男はどこにいるのか。

「大野氏は今朝から行方不明だ。家族もいない。どうやら計画倒産らしい。一か月前から逃げる計画を立てていた」

（そんな）

一か月前なら まだ小夜子と会っていた。

『早くあなたと暮らしたい』

と言っていたのだ。待合での会合もその後言い渡されていたのだ。

（まさか、私を騙していたの）

今夜大野に抱かれていたら小夜子はむざむざ操を捧げただけで逃げられていたかもしれない。小夜子の家にも債権者が押しかけていたかも。

「おい、あそこに女がいるぞ」

「大野の妾か？」

その声にぎょっとした。彼らが車の中の小夜子を見つけて突進してきたのだ。

「窓を閉めてください！」

運転手が慌てて命じたが遅かった。窓の隙間から男が手を突っ込む。

「きゃああ！」

小夜子の乗った車があっという間に取り囲まれる。

「開けろ、この売女！」

「お前を売っぱらってやる」

「着物も指輪も全部よこせ！」

車窓のすべてが人の顔で埋まる。大きな車体ごと揺さぶられた。小夜子は生きた心地がしなかった。

「やめて！」

その時、窓に突っ込まれていた男の手が外から引っこ抜かれた。

(あ)

いつの間にか安岡秀樹が車の側にいる。暴徒の一人を捕らえ、襟首を捕まえて手を後ろにねじり上げている。

「汚い手で触らないでください。これは私の財産だ。傷つけたらあなたに損害賠償を請求します」

言葉は冷静だったが行動は容赦なかった。車を取り囲んでいる男たちを次々に蹴散らしていく。優男に見えたのに凄まじい胆力だった。

安岡秀樹の剣幕に債権者たちは恐れをなして遠巻きになる。その隙をついて彼が車に乗り込んだ。運転手が慌てて車を始動する。怒り狂った男たちを残して発車した。

「あ、ああ……」

安全になったとたん体が震える。膝ががくがくと動いて止まらなかった。

「怖いか」

隣にいる安岡秀樹の声は相変わらず落ち着いている。

「私は……なにも知らないわ」

大野が自分に与えてくれた資金、贅沢な食事、真新しい着物——それは本来彼らのものだったのか。

「あいつらから見たらお前も財産の一部だ。私が手を引けば身一つで彼らの前に放り出されるのだぞ」

気が遠くなりそうだ。彼らの前に引き出されたらどんな目に遭わされるだろう。

「お願い、私を助けてください。時間がかかっても必ずお金は返すわ。だから今だけは守って」

秀樹の顔がこちらを向く。乱闘で髪が乱れ、前髪が目にかかっていた。壮絶な美しさだ。

「本当に助けて欲しいのか」

背筋が寒くなった。

ここではい、と答えたら。

それは本当に救いなのだろうか。

(でも、他に誰も守ってくれない)

大野は逃げた。父も母も無理だ。

自分を助けてくれるのは、彼しかいない。

その鋭い瞳を見つめながら、小夜子ははっきりと言った。

「私を、助けてください」

一瞬の沈黙が流れた。やがて彼の薄く美しい唇が開いた。

「守ってやる」

彼の手が顎にかかった。もう小夜子の中に嫌悪感は生まれなかった。

「お前は私の財産だ。これから磨きをかけ、金剛石(こんごうせき)のように光り輝く女にしてやろう。そうすれば誰もお前を傷つけることはできない。ついてくるか」

小夜子は彼の瞳を見つめる。黒い瞳は宝石のようだ。

彼についていったら、いったいどんな生き方になるのだろう。

美しく淫らで、誰に抱かれても感じる女——そんな女になったら、もう元の平凡な生活には戻れない。

(それでもいい)

それでも、誰かに踏みつけにされるよりはましだった。

誰かの思うままにされ、何人もの男に抱かれてぼろ雑巾のようになるよりは。

「あなたに……従います」

小夜子は彼の手を取り、自分の頬に押し当てた。そこに目尻から落ちた涙が触れる。

「私はあなたのものです」

二　捕獲

車は神田から麻布(あざぶ)に移動した。辺りを威圧するような屋敷の長い塀が道の両脇に並んでいる。

車体はある一角で止まり、運転手がいったん外に出る。ライトの前にはまるで西洋のような鉄の門がある。彼は錠前を上着のポケットから取り出すと鍵穴に差して開けた。

運転手は再び運転席に戻るとゆっくり車体を中に入れる。暗闇の中、白い屋敷が浮かび上がった。

「ここは」

突如現れた西洋風の屋敷だった。絵本で見た、お姫様の城を小さくしたような家だ。

「降りるんだ」

恐る恐る外に出ると秀樹は真っ直(ます)ぐ屋敷へ歩いていく。小夜子も慌ててついていった。

「電気は今通ってないから暗いぞ。私の手を掴むんだ」

電灯は設置されているようだが今はつかないのか、広い玄関は真っ暗だった。秀樹の手を持ちながら小夜子は草履を脱ぎ、屋敷の中に足を踏み入れる。

（あ）

廊下にすら柔らかい敷物が敷き詰められている。この屋敷は外も内も贅を尽くして設えられているらしい。

秀樹は小夜子をつれてゆっくり階段を上がった。二階の廊下は窓から月明かりが入ってくるので少し夜目が利く。

「ここがお前の部屋だ」

廊下の突き当たりにある扉を秀樹が開けた。大きな窓があり、月光が昼間のように明るい。そして、部屋の中央には巨大な寝台が置いてある。小夜子は百貨店の店先でしか見たことがなかった。

寝台には屋根がついており、四本の柱で支えられている。その柱にも美しい彫刻が施されていた。小夜子は唐草が刻まれた柱をそっと撫でる。

「気に入ったか」

「……はい」

振り向くと、秀樹がすぐ側にいる。

「今夜はここで寝るといい。腹は減っているか」

「いいえ」

今日の昼からなにも食べていなかったが、とても食事どころではない。

「本来なら飯くらい食わせるべきだが、今は私も忙しい。水道は通っているから一晩我慢してくれ。明日の朝、使用人が来る。彼女が飯の用意をしてくれる」

「ありがとうございます」

今夜は穏やかに眠れそうだ。そう思っていた。

秀樹はまだ自分を見ている。月の光に照らされた鼻筋が美しい。

「では、脱いでもらおうか」

「え」

呼吸が止まる。

「まだ、お前のすべてを見ていない。買った商品の包装紙を取らない人間がいるか」

商品——その言葉に体が冷たくなった。自分は人間ではなく商品。やはりそうなのだ。

「今、ですか」

心が定まらない。今夜、最後までされてしまうのだろうか。

「安心しろ、今夜はただ見るだけだ。それとも家に帰るか？　大野商会の人間からお前の話を聞き出した債権者がいたら、家まで押しかけるかもしれんぞ」

はっとした。彼らが自分の家まで来たら、両親や兄弟たちが被害に遭うかもしれない。

「お願いです。弟たちを守ってください。あり子たちは悪くないわ」

秀樹の顔が少し緩んだ。

「わかった、大野商会の者には口止めしておこう。今夜お前の家にも人を送って連絡しておく、娘のことは心配いらないと。お前が私の期待に応えてくれるなら」

覚悟を決めた。一郎たちを守るためなら、なんでもする。

「……脱ぎます」

帯留めを取り、帯を緩ませて床に落とした。紬を脱いで襦袢姿になる。着物で押さえつけていた胸の膨らみが伊達帯の上に盛り上がる。

「どうした、手が止まっているぞ」

小夜子は震える手で伊達帯を解き、襦袢を脱いだ。もう肌襦袢と腰巻しか身に纏っていない。

「……これもですか」

「当たり前だ、全部見せろと言ったはずだ」

覚悟していたはずなのに、涙が溢れてきた。肌襦袢を脱いだが、まだ胸は隠している。

「早く脱ぐんだ。それとも無理矢理脱がされたいか」

秀樹の声は冷静だった。彼ならやるだろう、たとえ自分が泣き叫んでも。

「わかっています、自分で脱ぐわ」

胸を押さえながら腰巻の紐を解く。新品の真っ白い布が足元に落ちた。そう、覚悟していたのだ。今夜肌を晒すことは。

（相手が変わっただけ）

自分は自分を人に売ってしまった。大野の妾になることを決めた時から。

買い手が彼から銀行に替わっただけだ。小夜子はとうとう肌襦袢も床に落とした。

胸と足の間を手で隠しているが、小夜子は全裸だった。銀の光が全身を包んでいる。

「美しい」

彼の手が腰に触れたので小夜子はびくっと体を震わせた。

「しっかり腰が括れているな。日本人にしては珍しい。足も真っ直ぐでしなやかだ」

その手はそのまま背中に伸びる。

「肌も滑らかだな。手が吸いつくようだ。手入れをすればもっと美しくなるだろう」

誉められているが嬉しくない。壺かなにかのように鑑賞されている。

「……ありがとうございます」

それでも小夜子は秀樹に礼を言った。今の主人は彼なのだ。できるだけ彼に気に入られなければ。

秀樹は一通り背中を撫で回すと、満足げに頷いた。

「着の身着のままで来ただろう。明日ここで過ごすためのものを一通り届けさせる。洋服にも慣れたほうがいいだろう。下着も西洋風のものにしよう。胸が大きいからそれを引き立てるものを選んでやる」

確かに胸の膨らみは大きいほうだった。だが小夜子はそのことを嫌だと思っていたのだ。制服のブラウスがきつくなるし、着物の胸元はすぐ着崩れる。

なにより胸が目立って男の目に晒されるのが嫌だった。

だが、売り物になるなら大きいほうがいいらしい。嫌だった肉体がこんなところで役に立つとは。

しかし、今夜はここで終わりではなかった。

「胸を見せろ」

心臓が苦しくなる。頭ではやらなくてはとわかっていても、どうしても手が下ろせない。

「今は……許してください」

いろいろなことがありすぎた。今夜すべてを受け入れられない。

月光の中震えている小夜子を秀樹はただじっと見つめている。

「なにをすべきか、わかっているだろう。わかっているのにできない人間は、力で従えるしかない」

彼は床に落ちていた腰紐を拾い上げる。そして小夜子の腕を強引に掴んだ。

「ああ！」

先ほど男の腕をひねり上げていた彼の力にかなうはずがない。両腕を後ろで縛り上げられ、寝台に放り投げられる。胸の膨らみはなすすべなく晒された。

「いや、見ないで」

必死に体をねじって隠そうとするも、秀樹が腹の上に馬乗りになる。

「よく見せるんだ」

胸の上で膨らみが揺れる。その上に彼の視線が降っている。

(あ……)

羞恥と嫌悪感、それとは別にぞくぞくという感覚が背中を走った。

(なに、これは)

彼の目にすべて見られている、そう思っただけで肌が粟立った。触れられてもいないのに乳首が尖っていく。

「ほう、見られているだけで感じているのか」

秀樹にも体の変化を悟られている。小夜子は必死に首を横に振った。

「違います、感じてなんかいません」

性のことはなにも知らなかった。生理が始まる時に母から説明は受けたが、男女のことは誰もなにも教えてくれなかった。

だから今、自分の身に起きていることがなんなのかわからない。

「ふうん、そうか」

彼の指がそっと乳首の先端を撫でる。羽根が触れたほどのかすかな感触だった。

「あうっ」

それだけで小夜子は体をのけぞらせた。肌がかっと熱くなる、夜の空気の中で体だけが熱かった。

「どうやらかなり感じやすいらしい。素質があるな。きっと大金を稼げるようになるだろう」

そう言われても嬉しくはなかった。生まれながらに淫らな女、そう言われているようだ。

(私はこんな女だったのか)

初対面に近い男に裸にされ、縛られているのに——感じている。

一瞬の感触を、体はもっと求めている。

(こんなのって)

ぐったりとしている小夜子の腕から秀樹は腰紐を解いた。肌襦袢と腰巻も拾い上げて彼女の体にかける。

「今夜はここまでだ。明日からお前を磨き上げることにする。ゆっくり休むといい」

「私は……どうなるのですか」

この先なにが待っているのだろうか。自分はどんな女にされるのか。

秀樹はざんばらになった髪を撫でつけ、小夜子の顔を覗き込んだ。

「お前は美しい」

そう言う彼の顔もこの上なく美しかった。

「そんなお前が世間に踏みにじられるのが惜しいのだ。年寄りの妾になったり、何人もの男に汚されることはない。美しく咲き、男たちの前に姿を現せばいい。限られた男の前でだけ肌を晒し、並みの人間が一生手に入れられない金を手に入れるのだ。それだけがお前の助かる道だ」

小夜子にはまだ彼の言葉がよくわからない。だが一つだけ確かなことは、今の自分には選ぶ余地はないということだ。

(外に出ていくわけにはいかない)

この屋敷から一歩外に出ていけば、金の力でぼろ雑巾のようにされるだけだろう。自分だけでなく実家も巻き込まれるかもしれない。

もう、他人に振り回されるのはごめんだ。

どんな不名誉な仕事でもいい、自分で選び　自分で納得して生きていきたい。

「……わかりました。あなたに従います」

肌襦袢と腰巻を身に着けた小夜子は寝台の上で正座をして、秀樹にお辞儀をした。その様子に彼は目を細める。

「素直になったな。その調子だ。いい子でいればたっぷり可愛がってやろう」

彼の指で頬を撫でられる。その感触にまた戦慄が走る。

「ああ」

小さなため息を漏らすと、その唇にも触れられた。

「この小さな口、清楚でいて色っぽく膨らんでいる。仏蘭西製の紅が似合うだろう」

秀樹の美しい瞳が自分を見ている。その目に見つめられるとなぜだか体の力が抜ける。

(どういうことだろう)

会ったばかりの、傲慢な彼を好きになるはずがないのに。

頭に雲がかかったようにはっきりものを考えられない。

「さあ、もう眠れ。おやすみ」

そう言い残して秀樹は出ていった。見知らぬ部屋に一人取り残される。

(このままでいいのだろうか)

逃げるなら今だ。着物を着てこの屋敷を出て、自分の家に帰る。門が閉まっていてもどうにか上って乗り越えられるだろう。

債権者がやってくるかもしれないので皆で引っ越してもいい。自分はお運びでもなんでもやって家を支えて――。

(ああ)

それで逃げられるだろうか。あの獣のような男たちから。

(怖い)

逃げられても、一生びくびくしながら生きるのか。好きな男ができても結婚などできないだろう。

だが、秀樹と一緒なら助けてくれる。

自分を磨き上げ、一流の女にしてくれるだろう。

そうなれば自力で借金を返せる。なんの後ろ暗いこともなく生きていける。

(やるしかない)

小夜子の胸のうちに不思議な力が湧いてきた。

大野の妾になって、もし子供を産み正式な妻になっても一生彼に縛られたままだったろう。

自分で借金を返せば、あとは自分の力で生きていける。誰のものにもならなくていいのだ。

(どんなにつらくても、やり遂げてみせる)

目を閉じると秀樹の顔が浮かぶ。男にしては美しすぎる鼻梁に、長い睫。

(彼は私をどうするつもりなのだろう)

小夜子の通っていた学校はカトリックだった。修道女でもある教師はこう言っていた。

『悪魔は美しい顔をしています。その顔で人間を誘惑し、堕落させます』

あの男は悪魔なのかもしれない。天使のような顔をした、悪魔。

自分は堕落し、地獄へ行くかもしれない

(それでもいい)

ここから出れば生きながら地獄へ落ちる。ならば自分から悪魔の手を取ろう。

(神様)

眠る時だけでも神に祈ろうとした。だがもう神の顔も思い浮かばない。

ただ、秀樹の面影が瞼(まぶた)の裏に浮き上がるだけだった。

いつの間にかぐっすり寝入っていた。目を覚ますと大きな窓から朝日が差し込んでいる。

(あら)

階下で人の気配がする。昨夜(ゆうべ)彼が言っていた使用人だろうか。

身支度を整えようとしたが、なぜだか襦袢しか見つからない。羽織も小紋もどこかへ行ってしまった。襦袢だけが寝台の足元に畳んである。

仕方なく、肌襦袢の上に襦袢だけ着て恐る恐る階段を下りる。すると人の声が聞こえた。

「マダム、お目覚めですか」

台所にいたのは真っ白な髪を小さく纏めた老婦人だった。縞(しま)のお召しをきちんと身に着けている。

「ま、まだむ?」

そんなふうに呼ばれたのは初めてだった。

「申し訳ありません。安岡様から甲野様のことはそうお呼びしろと言われました」

もちろん違和感はあるが、彼のやり方に従うことにした。

「こんな恰好でごめんなさい。私の着物がどこかへ行ってしまったの。なにか着るものはないかしら」

きちんとした彼女の前で襦袢姿なのが恥ずかしかった。老婦人は手を拭きながらこちらに近寄る。

「マダムのお洋服は今日三越から届く予定ですが、古着ならございます」

彼女に従ってもう一度二階へ上がる。彼女は寝室の隣にある小さな扉を開けた。箪笥と物干し竿のような棒が部屋の両脇についている。

「ここはマダムの衣裳部屋です。あまりものは残っていませんが、普段着でしたら」

彼女が戸棚からなにか取り出した。着物のようにも見えるが、真っ白でレースの縁取りがある。

「これはガウンと言って、ご朝食の時寝間着の上から羽織るものです。午前中はこれをお召しになってください」

まるで天女の羽衣のような服だった。絹らしい白い着物の袖口に繊細なレースが縫い込まれている。

「お部屋でお待ちになっていてください。ご朝食をお持ちします」

ガウンを纏って寝室に戻ると、やがて先ほどの老婦人が大きな盆を持ってやってきた。四角い銀の盆の上には籠に入ったトーストと目玉焼きが載っていた。添えられているのは箸ではなく、ナイフとフォークだった。

「簡単なものですみません。食材がそれしかなかったもので」

「いいえ、充分です」

家では皆忙しかったので冷や飯と香のものがせいぜいだった。まだ湯気の出ている朝食を食べられるなんて。

朝食を食べ終わると小夜子は屋敷の中を歩き回る。二階建てで二階は寝室と衣裳部屋、もう一つ大きめの寝室と、その隣に――。

「まあ」

書斎があった。大きなライティングデスクと壁沿いに並んだ本棚がある。小夜子は思わず駆け寄った。

「どんな本があるのかしら」

きちんとガラス張りの扉に収まっている本は、洋書や専門書が多く、小夜子の好きな小説類は置いていなかった。それでも小夜子は隅から隅まで本の題名を読む。学校の図書館でもこれほど立派な書籍は見たことがない。

(誰の本なのかしら)

秀樹の本だろうか。洋書もあるが、彼なら読めるのか。

（私も勉強したかった）

英語が得意だった。英吉利から来た修道女の先生に放課後発音を指導してもらったりしていた。

本棚に収まっている美しい革張りの本、こんな本が読めたらどんなに嬉しいだろう。

書斎から出て一階へ下りる。先ほど老婦人がいた台所、その隣に小さな部屋がある。テーブルと椅子があるのでここが食堂だろうか。

玄関ホールから繋がる廊下を歩いていくと、不意に大きな部屋に出た。暖炉があり、天井からは大きなシャンデリアが下がっている。ここが居間に当たる場所だろうか。

「なんて綺麗なの」

部屋の真ん中に長いテーブルが置かれ、美しい彫刻で飾られた椅子が六脚設えられている。

窓は大きく取ってあり、そこから庭が見えた。昨夜は暗くてわからなかったが屋敷の外は見事な築山と松、小さな池があった。屋敷は西洋風だが庭は日本的なのが不思議な調和を醸し出す。

午前の遅い時刻に三越から車が到着した。ガウン姿の小夜子は寝室に籠って老婦人が対応する。

「マダムのお召し物が届きましたよ」

百貨店の人間が立ち去ってから小夜子は恐る恐る階下へ下りる。どんな品が届いたのだろう。

「これは」

大きな居間に入って小夜子は絶句した。大きなテーブルが箱や畳紙で埋まっている。床には靴が入っているらしい小さな箱もある。

「マダムは普段お着物ですか？　普段使えるものをそろえさせましたのでお選びください」

畳紙に入った着物は紬や木綿など地味なものだった。新しい襦袢や下着もある。

箱を開けるとワンピースやブラウスが入っていた。夏用の半袖で、麻の感触が心地よい。

(でも)

これらをうかうかと貰ってもいいのだろうか。

(このお金も自分で返さなければならないんじゃないの？)

以前聞いたことがある。妓楼に売られた女は衣裳や化粧代も花代から引かれ、なかなか借金が減らないという。

(うかつに使うわけにはいかないわ)

小夜子は一番安そうな木綿の着物を取り、襦袢と腰巻と足袋を選んで寝室で着替えた。帯と帯締めは自分が身に着けていたものだ。きちんと身支度を整えると気持ちが引き締まってくる。

寝室から居間に戻ると老婦人がワンピースの入った箱を運ぼうとしていた。

「それはどうするの？」

「衣裳部屋にお運びします」

小柄な彼女が大きな箱を持っているのを小夜子は慌てて止めた。

「いいのよ、これは全部返すかもしれないわ。ここに置いておいて」

そう言うと彼女は目を丸くした。

「全部お気に召さないのですか？　もう一度三越を呼びましょうか」

小夜子は慌てて首を横に振った。

「いいえ、そうじゃないの。まだ手をつけたくないのよ。自分のお金で買ったわけじゃないもの」

そう説明しても彼女にはよく呑み込めないようだった。おそらく今までの主人は支払いのことなど気にしたことはなかったのだろう。

「とにかく、そのままにしておいて頂戴……あの、あの方は今夜いらっしゃるのかしら」

老婦人の顔がほころぶ。

「はい、お坊ちゃまは今夜いらっしゃると聞いております」

お坊ちゃま、あの大柄な男をそんなふうに叮ぶ人間がいたなんて。

「あの人を子供の頃から知っているんですか」

思わず詰め寄ると、老婦人の顔からすっと表情が消えた。

「申し訳ありません。ご本人のことはお教えできませんわ。私は先代のご主人様にお仕えしていて、秀樹様のこともお小さい頃から知っている、それだけです」

小夜子はそれ以上聞き出すことを諦めた。彼女を困らせても仕方がない。

「では、あなたのお名前を教えてくださらない？　そのくらいならいいでしょう」

彼女の目が一瞬丸くなった。

「まあ、お教えしていませんでしたか。失礼いたしました」

彼女は道元（みちもと）キヱという名だった。

「ではキヱさんと呼んでいいかしら」

「はい、マダム」

まだマダムという呼び方には慣れないが、彼女にはそれが自然なのだろう。

「少し疲れました。寝室で休みます」

「かしこまりました」

帯を緩め、寝台に横たわる。目の前にはゴブラン織りのような屋根が見える。複雑な模様で西洋の風景画を織り出している。

（今夜）

秀樹は自分を抱くだろうか。

(どうなってもいい)

もう女としてのまっとうな生き方は諦めた。

大野の妾なら将来籍を入れる可能性があった。だが秀樹は自分を妾にするわけではない。

自分を磨き上げ、限られた金持ちに売るのだろう。もしかすると外国人かもしれない。誰を連れてこられても、自分は拒否できない。

(どうしてこうなってしまったのだろう)

大野の会社が倒産したから——彼がそこまで追い詰められているなんて、知らなかった。

だがもはや彼を恨む気にはならなかった。こうなったのは自分の責任だ。

大野の妾になると決めた時から、自分は自分の人生を諦めてしまったのだ。

(でも、他にどんな方法があるの？)

男ではなく、若い女の自分がどうすればよかったのか。一家で貧しさに沈むほうがよかったのだろうか。

(お父さんだって望んでいた)

小夜子は覚えていた。大野の妾になると言った時の両親の顔を。

母も父も、一瞬ほっとした表情になった。

それほど借金の重みはつらかったのだ。

自分の下に二人弟がいる。彼らを上の学校に入れられればきっと立派な大人になるだろう。

（一郎と次郎は元気だろうか）

大野商会が倒産したと知ったらどれほど驚くだろう。

家への連絡は彼がしてくれると言っていた。だが自分が家へ戻らなくて心配しているだろう。元気であることを伝えたかった。

（そうだ）

小夜子は寝室の扉を開けると階下に声をかけた。

「キヱさん、葉書と鉛筆はあるかしら」

しばらくして彼女が綺麗に芯の尖った鉛筆と葉書の入った文箱を持ってきた。

小夜子は葉書の裏に簡単に記す。

『皆さんお元気ですか。私は無事です。

お父さんお母さんお体にお気をつけて。

一郎さん次郎さん　お勉強を頑張って』

宛先に実家の住所を書く。差出人の住所は書けなかった。そもそもここがどこかわからない。

小夜子は階下に下りた。キヱは台所でなにか仕事をしていた。

「キヱさん、これを出してくださらない」

葉書を差し出すと、彼女は宛名を見て小夜子に返す。

「どうしたの？」

「お坊ちゃま宛てではないのですね」

「そうよ、私の実家なの」

彼女は俯いたまま静かな声で言った。

「マダム、申し訳ありませんがご実家に葉書を出すのはお坊ちゃまの許可を得てからにしていただけますか」

がんと頭を殴られたような衝撃だ。葉書一枚出すこともできないのか。

「お願い、ここのことは書いてないわ。私がいなくなって両親や兄弟はとても心配しているのよ」

どれほど頼み込んでもキヱは石のように動かなかった。

「申し訳ありません。旦那様に聞かねば私には判断しかねます」

秀樹の呼び方がお坊ちゃまから旦那様に変わった。つまり、そういうことなのだ。

この屋敷を支配しているのはあの男、自分は着飾ることはできても葉書一枚出すことはできない。

ここはやはり妓楼なのだ。この上なく美しく贅沢な檻だった。

「……わかったわ。秀樹さんがいらっしゃったら聞いてみます」

書いた葉書を手に持ち、小夜子はふらふらと階段を上った。

未来が見えない。

（私はどうなるんだろう）

再び寝台に倒れ込む。体から力が抜けてなにもする気になれなかった。

（みじめだ）

屋敷に誰も訪れぬまま、夜を迎えた。昨夜と違い電気が通っている。寝室にも廊下にも明かりがついた。

簡単な夕食を済ませたあと、キヱが言う。

「湯あみの準備をしてまいります」

（湯あみ）

それは秀樹を出迎える準備だろうか。

「風呂の釜焚き（かまだ）をする人間がいないのでございます。今夜は盥（たらい）でご勘弁ください」

彼のことを聞きたかった。だが、どう呼んだらいいだろう。

「あの、あの人のことだけど」

なんと呼んだらいいだろう。『安岡さん』と呼ぶと距離が遠ざかる気がする。今後男女の仲となるのに、その呼び方が邪魔になるだろうか。

「……秀樹さんは、今夜いらっしゃるの？」

「はい、午後お使いの方がいらっしゃって　夜遅くになりますが必ず訪れると」

（今夜）

まだ心の準備ができていない。だが自分に選択権はなかった。

「大きな盥を用意することはないわ。洗面器にお湯を入れてくれれば手ぬぐいで体を拭きます」

年上のキヱに重労働をさせるのは気が引けた。結局風呂場の隣にある水場に洗面器を置いて体を拭く。水場は白い陶器でできていて、目の前に大きな鏡がある。

「洗面台と言うのです。英吉利から取り寄せたそうですよ」

小夜子は鏡の前で着物を脱ぎ、全裸になった。真っ白な体が目の前に現れる。

（私は綺麗なのかしら）

腰から下は細いのに、胸だけが大きいことが不満だった。女学校での体操でも揺れて痛いし、着物の胸元が着崩れやすい。

熱い湯に手ぬぐいを浸してしぼり、肌を拭く。肩から胸、腹、そして腿の間も。

（今夜、私はあの男のものになる）

一度は大野に捧げようと思ったものだ。相手が変わるだけ、そう思いたかった。

だが、どうしても涙が溢れてしまう。

（怖い）

自分の意思とは違うところで事態が動き、逆らうことができない。

（早く終わって欲しい）

逃げられないのなら早く来て欲しい。こんな不安な状況よりすべて失ったほうがましだった。

体を拭いた後は絹の襦袢を素肌に羽織る。キヱが準備したものだ。夜はこれを着るようにと秀樹に指示されたそうだ。

冷たく肌にまとわりつく絹は小夜子を夜の女にしていく。

寝室で待っていると、屋敷の中に車が入ってきた。昨日自分が乗っていた黒い車体だった。

（来たわ）

勝手に腰が動き、寝室を出て階段を下りた。広い玄関ホールに秀樹が入ってきたところだった。

「お坊ちゃま、お帰りなさいませ」

キヱが嬉しそうに出迎える。その後ろで小夜子は突っ立ったまま彼を見つめていた。

秀樹は一瞬自分に視線を走らせると、キヱに向って優しく微笑(ほほえ)みかける。

「お坊ちゃんはよせと言っただろう。遅くなって悪かった。お前はもう休んでいいぞ」

「はい、お言葉に甘えて」

キヱはずっと着ていた割烹着を脱ぐと玄関から出ていった。

「どこへ行くの？」

キヱの代わりに答えたのは秀樹だった。

「敷地内に使用人用の家がある。夜はそちらへ移ってもらう」

では、この屋敷に今は二人きりなのか。小夜子の体に緊張が走る。

「……お帰りなさいませ」

なんと言ったらいいのだろう、俯いたまま深々をお辞儀をする。

「よせ」

下に下がった顔を手で掴まれ、上げられる。

「そんなふうに頭を下げるのは使用人だけだ。お前はこの家の女主人だ。普段から堂々とふるまうんだ」

そう言われても、どうすればいいのかわからない。

「まず相手の目を見て微笑むんだ。少し首をかしげてもいい。自分の笑顔が値千金と思え」

笑うだけでそんな価値があるのだろうか、小夜子には信じられなかった。

「私の目を見て笑え」

まだ顎を掴まれたまま、小夜子は必死で笑った。すると彼の手が離れる。顔を右に傾け、にっこりと微笑んだ。

「お帰りなさいませ」

秀樹も微笑んだ。形のよい唇が弓なりになる。その笑顔に吸い込まれそうだ。

「それでいい。いつも姿勢よく私を出迎えるのだ」

秀樹は小夜子の肩を抱いた。薄い絹越しに彼の体温が伝わる。

寝室に二人で入る。秀樹の視線がふと寝台側の丸い机に飛んだ。

(あ)

昼間書いた実家への葉書が置いてあったのだ。彼は机に近づくとそれを手に取った。

(どうしよう)

勝手に葉書を書いたことを咎められるだろうか、小夜子はおののきながら彼の反応を待っていた。

だが、振り向いた秀樹の顔は笑っている。

「これは私が出してやろうか?」

「いいんですか?」

キヱに投函を止められた話をすると彼はくすくす笑い出した。

「大奥じゃあるまいし、いいに決まっているだろう。彼女は古い人間だからな、気にするな」

ほっとした。体の奥にあった強張りが解ける。

「今日お前の家の前を通ったが、特に変わりはなかった。気になるなら定期的に報告させよう」

秀樹がそこまで考えてくれていたなんて――やっと小夜子は心から微笑むことができた。

「ありがとうございます、安心しました」

すると伊達帯で簡単に締めた腰を引き寄せられる。

「その微笑みは男を蕩かす、お前を安心させるためなら安いものだ」

ゆっくり彼の顔が近づいてきた。口づけをするのだろうか。

(今)

初めての口づけだった。大野はまだ手を握ることしかしていなかった。

(しなければ)

小夜子は覚悟を決めて目を瞑る。

だが、待ち構えていた感触はなかなか訪れなかった。恐る恐る目を開く。

そこには、自分をじっと見つめる秀樹の顔があった。

(どうしたの)

心を見透かすような、鋭い目だった。

「初めてなのか」

心臓を摑まれたような気持ちだった。小夜子は静かに頷く。

「大野ともしていなかったのか。妾になるのに」

「はい……」

笑われているのだろうか。馬鹿な娘と思われているのかもしれない。

「ならばやめておこう。本当にお前が望んでからにする」

(どういうこと?)

自分がいつか、彼との口づけを心から望むようになるのだろうか。戸惑っているうちに伊達帯を外させる。

「あ……」

絹の襦袢の下は裸体だった。彼の両手が二つの乳房を包む。

「ああ」

壊れやすいものを扱うように、彼はそっと膨らみに触れる。掌(てのひら)に触れている乳首があっという間に固くなるのを止めることができない。

「いい感触だ。だが柔らかすぎる。今後、昼間はずっと下着で支えなければ」

「どういうことですか」

「西洋の女は胸用の下着を常に身に着けている。だから胸の形が崩れないのだ」

肩から襦袢を落とされた。一糸纏わぬ姿になる。

「胸は大きく腰は細い。足も長い。着物より洋服が映える体だ。それに」

そのまま寝台に乗せられる。そして両手を伊達帯で一つに縛り上げられた。

「やめて！」

逃げないのにどうして縛られるのだろう。秀樹は手を縛った帯の一端を寝台の柱に縛りつけた。

「縛るとさらに感度がよくなるようだ。こういう扱いを好むらしい」

「いや、やめて」

だが縛られたままやわやわとまた胸を揉まれると、勝手に肌が粟立ってしまう。二つの乳首を同時に摘まれると、思わず声が漏れる。

「ひ……」

秀樹はそんな小夜子の様子を観察している。

「いいぞ、感じると白い肌がほんのりと紅くなる。そんな様子に男は喜ぶものだ」

これは娼婦になるための訓練なのか、ならば、どれだけ恥ずかしくても対応しなくては。

「どうすれば……いいのですか……」

秀樹は人差し指で顎を持ち上げた。

「まずはお前の反応を知りたい。思うまま声を出すんだ。叫んでもいい。この屋敷には誰もいない」

だからキヱには別の家が与えられているのか、どれほど破廉恥な声を出してもいいように。

「さあ、まずはここを開発するか」

秀樹は縛られた小夜子の隣に寝そべると乳首をそっと摘まむ。

「ああ……」

形がほんの少し歪む程度に何度も引っ張られる。するとそこが勝手に固くなっていく。

「もうこれほど大きくなるのか。本当に感じやすいな」

「嫌……」

思わず顔を逸らす。すると頬に手を当てて彼のほうへ向けさせられる。

「そんな仕草もいい、そそられる」

よくわからない、なにが正解でなにが駄目なのか。

「男を拒みながら受け入れる、恥じらいながら快楽に溺れる、矛盾した存在に男は引きつけられる」

金で買われ、縛られているこの状態は嫌で仕方がない、だが彼に触れられると感じてしまう。

(これでいいの?)

自分の中に矛盾がある、それが男を引きつけるのだろうか。

(これが価値になる)

自分と家族を救う金を産み出すのなら。

矛盾に体を引き裂かれても、堪(こら)えてみせる。

「ああ、そこは、駄目……！」

充分に高まった胸の先端に彼の唇が近づく。形のよい唇が開いて赤い舌が伸びてきた。

「やんっ！」

充血した乳首に舌が絡みつく。ねっとりとした感触はそこから官能をたっぷりと引き出していく。

「はああっ」

思わず腰を上げて弓なりになる。細い胴の上で胸が揺れた。秀樹は細く長い指で膨らみを鷲摑(わしづか)みにする。

「ひあっ……」

全体を揉まれながらさらに乳首を舌で責められる。先端だけではなく胸全体が感じてしまう。

「あ、いいっ」

思わず声を出してしまった。それが悔しくて顔を背ける。こんな屈辱的な格好で、感じたくないのに……感じてしまう。

「いいぞ、その顔……苦しげな表情がそそられる。そのまま堕ちてしまえ」

堕ちた先はどうなるのか、地獄へ行くのだろうか。

（いいえ、もう地獄にいる）

金で買われたここがすでに地獄なのだ、なら、どこまで堕ちていってもかまわない。

秀樹は薄い唇の中に丸い乳首を包むと、くちゅくちゅとしゃぶった。もう快楽を抑えることはできない。

「あ、ああーっ！」

びくっと体が跳ねた。なにかの箍が外れる。全身を快楽の毒に染められる。

「いいっ、ああ……そこっ」

両方の乳首を交互に吸われ、空いているほうは指で責められた。そこから生み出される快楽は胸だけではなく下に伸びていく。足の間の秘部まで……。

「ずいぶん感じているようだ、ここは、どうだ」

はっとした。彼の手が腿にかかり、開かせようとする。

「や……」

まだ誰にも見せたことのない場所だった。自分でもはっきり見たことはない。

そこが今、彼によって暴かれようとしている。恥ずかしさと恐怖が足を強張らせた。

「怖いか？」

小夜子は小さく頷いた。怖くて目が開けられなかった。

すると遠くで秀樹が薄く笑う気配がする。

「お前は本当に男を煽る女だ。天然でやっているとしたら才能だな」

なにを誉められているのかわからない。怖いと思うことが彼をそそるのだろうか。

「見栄を張って平気なふりをしなくてもいい。初心なら初心になりきれ。それを開いていくのが男の役目なのだから」

そして彼は自分の足元に移動した。男の体が足の間に入る。

「や……」

足が大きく開かれる。腿の付け根に指の感触があった。

「開くぞ」

「ひあっ」

とうとう、誰にも見せたことのない場所が大きく拡げられる。寝室は電灯で明るかった。そこもはっきり見られているだろう。

(早く)

そこを見られてしまったからには、もう早く終えて欲しい。こんな恥ずかしさに長く耐えられない。

「なるほど」

だが秀樹はそこを指で拡げたままじっと観察していた。

(嫌)

女として求められるならともかく、物のようにじっくり見定められるのは耐えがたかった。

「思った通りだ。まだ蕾だな」

彼の言っている意味がわからない。

「月のものは……きちんと来ています」

恥ずかしさを堪えて返事をすると彼は苦笑した。

「そんなことを言っているんじゃない。快楽をまだ知らない体だと言っているんだ」

秀樹はなにを言っているんだろう。自分はまだ処女なのだ。快楽を知らないのは当たり前ではないか。

「私は初めてなのです。快楽なんて……」

その時、体の中心に彼の指が触れた。

「ひっ」

恐怖に足が縮む。閉じようとした足を秀樹の手が押さえた。

「男を受け入れる前に自分で快楽を知るのだ。他人に教えられていては人任せではないか」

そんなことを言われても、男の体がなくてどうやって快楽を覚えるのだろう。戸惑っている間に彼の指が小刻みに動き出した。

「あ……」

指に押されているところ、前の部分を刺激されている。すると、そこが小さく膨らんでくるのだ。

（なに？）

今まで知らなかった感触だった。なにかが自分の中に埋まっている。それを彼が掘り出しているような。

「大きくなってきた、初心なくせにやはり感じやすいのだな」

彼の指の動きが早くなる。それに合わせて体の疼きがどんどん大きくなる。

「あ、なんか、変……」

いつの間にか腰が浮いていた。足も自ら開いてしまっている。その様子を秀樹はじっと観察していた。

「どうやら芽吹いてきたようだ。弄ってやれば、もっと大きくなるだろう」

（大きく？）

彼の顔が、そこに近づいてくる。小夜子は恐怖に震えた。

「なにをするんですか！」

秀樹のやっていることが信じられなかった。彼は自分の一番恥ずかしいところに、口をつけている。

「やめて……」

押しつけられた口の中で分厚い舌が淫靡に動き回る。くねくねと蠢く粘膜に快楽の中心が捕らえられた。

「ひぁ……」

生まれたばかりの快感の塊がぐんと大きくなる。感じやすい場所を舌が包み、吸い上げている。

「あ、そんな」

こんな感触があったなんて、舌で擽られるたびに大きな波が全身を襲う。

「駄目っ」

この快楽に身を任せていいのだろうか、自分がすっかり変わってしまうかもしれない。

(彼に支配される)

こんな快楽を与える秀樹に身も心も依存してしまうのでは——彼の奴隷になりきってしまうかもしれない。

「う、うう」

自ら快楽を抑え込んでいる小夜子の様子を悟ったのか、秀樹はさらに初心な肉体を責める。体の奥に埋まっている小さな塊を吸い出し、くちゅくちゅと弄ぶ。前面だけではなく、中央の花弁まで舐め回す。

「あ、やんっ……」

抑えようとした快楽はかえって煽られる。腰ががくがくと震えて、全身に汗が滲む。

「許して……」

これ以上嬲(なぶ)られたら、崩壊してしまう。小夜子は懇願した。

(自分をこのままにしておいて欲しい)

秀樹はいったん顔を上げた。

「なぜ嫌がる？　こんなに感じているのに」

再び指でそこを押す。もう自分でもはっきりわかるほど、そこは大きくなっていた。

「怖いの」

秀樹に変えられることが。忘れられない快楽を教えられることが。

彼の手が汗に塗(まみ)れた額をぬぐった。

「恐れることはない。お前はこれで一つ武器を手に入れるのだ」

武器？　こんな淫らな行為のなにが武器なのだろう。

「快楽を知っている女は貴重だ。男に与えられるのではなく、自ら快楽を知る女になれ。私はその手伝いをしてやる」

これは彼が引き出したのではなく、自分がもともと持っていたのか。

(そんな)

彼の舌の上で、自分のものが膨れ上がっていくのがわかる。持っていることすら知らなかった、快楽の種。

「ふあっ」

感じやすい小さな芽をちゅうっと吸い上げられる。そんなことをされたら――。

「駄目っ、そこを、吸わないでぇ……」

彼に変えられる、まだ処女なのに、快楽に溺れてしまう。

「気持ちいいだろう、このまま、いくといい」

「い、く……？」

「そうだ、快楽が高まるのをいくという。もうすぐだな、初めていきそうだ」

秀樹は自分の肉を吸ったまま舐め回す。痛いほどの快楽が集まってきて、もう限界だった。

「あ、ふああっ……？」

なにかが、弾けた。頭が真っ白になってなにも考えられない。びくびくっと腰が跳ねた。

「あううっ、こ、こんなっ」

神経が焼き切れるかと思うほどの強烈な感覚だった。自分のそこがびしょびしょに濡れているのがわかる。秀樹はそこをまだ執拗に舐めていた。

「初めてなのに派手に濡らしたものだ。天性の素質があるようだ」

「素質……？」

彼は肉の狭間を指でぬぐい、小夜子に見せる。

「見ろ、これほど蜜を垂らしている。妓楼の女は男を入れるためにわざわざ布海苔を塗るのだが、お前は必要なさそうだ」

彼がなにを言っているのかよくわからない。ただ、自分の肉体が男を受け入れるのに適しているのだけは確かなようだ。

それはいいことなのだろうか。自分は男に抱かれるためだけの人間なのか。

(でも、今はそれしかない)

秀樹のものになり彼に気に入られる、それしか今生きる道はないのだ。小夜子は覚悟を決めて目を瞑る。

「もう、秀樹さんのものにしてくださいませ」

だが、彼は小夜子の体から快楽の波が消えていくのを確認してから体を離し、手首の伊達帯を外した。

「え……」

「今夜はこのくらいにしておこう。湯を持ってくる」

縛め(いまし)を解かれ、寝台に取り残される。小夜子は呆然(ぼうぜん)としていた。いくら無知な自分でも、まだ男女のことは済んでいないことくらいわかる。そもそも秀樹はシャツすら脱いでいないのだ。

手桶を持ってきた秀樹が戻ってきた。湯に浸した手ぬぐいを固く絞ると、汗に塗れた小夜子の体を拭いてくれる。最後に火照った足の間まで清めてくれた。

「これでいい、もう休め。明日は休みだから私は昼から来てやろう」

拭き上げた体に秀樹は浴衣をかける。とろりとした絹の襦袢と違い、洗いざらしの木綿は肌の汗を吸って心地よかった。

「どうして」

立ち去ろうとする秀樹の手を思わず小夜子は握った。

「なんだ、添い寝でもして欲しいのか」

小夜子はきつく彼を見つめた。

「私を抱かないのですか。これで終わりでけないでしょう。そのくらい知っていますわ」

散々快楽を煽っておいてこのまま帰るのか。それはかえって残酷な行為ではないか。

秀樹はその美しい顔でじっと自分を見つめている。

「お前はすでに私のものだ、抱くとか抱かないとかは些細な問題だ」

優しく、だが容赦なく手を外される。

「犯すことはいつでもできる。その前にお前をじっくり仕上げてやろう。私の作品にふさわしい、美しく淫らな女になったら抱いてやってもいい」

自分はまだ彼にふさわしくないということなのか。かすかな悲しみが胸に拡がる。

秀樹が立ち去ったあと、小夜子は一人寝台に残された。もう快楽は去ったと思ったのに目を瞑ると体の中に火が残っている。

（熱い）

この火をどうすればいいのだろう。

（私が焼かれてしまう）

快楽の種を植えつけられて、このまま焼き尽くされてしまうのではないか。

（彼のことしか、考えられなくなる）

縛られ、一方的に嬲られたのにもう秀樹の体温が恋しい。

彼の感触がまだ体内に残っている。

（あ）

触れてもいない箇所が小さく疼いた。

（どうしよう）

浴衣の上からそこを手で押さえる。そうでもしないと疼きが抑えられない。

（私はどんな女になるのだろう）

夏の夜は寝苦しく、小夜子は何度も寝返りを打った。

三　躾

日曜の朝だった。まだだるさの残る体で小夜子はゆっくり起き上がる。

(あら)

昨夜は気づかなかったが、寝台の枕元の上、白い壁に痕跡が残っている。

それは、確かに十字架だった。

(この部屋の主人はキリスト教だったのかしら)

小夜子はそっと祈った。自分は洗礼こそ受けていないが、カトリック系の女学校で勉強したので神の教えは知っていた。

(神様、教えてください。私はどうしたらいいのでしょう)

このまま快楽に溺れるしか道はないのだろうか。

(今夜も、また)

あの快楽を教えられてしまったら。

自分はきっと逆らえない、それほどあの感覚は強烈だった。

(でも、男は女に溺れると言うのに)

女の色香に男は溺れ、骨抜きになってしまうという。

だが秀樹はあくまで冷静だった。自分の体を弄びながら彼は汗一つかかない。

(彼を引きつけたい)

大野のように、自分を欲しいと思わせたい。そうすればもっと安心できるのではないか。

(私ったら)

こんなにさもしい人間だったのか。媚びを売って男を意のままに操ろうとするなんて。

(でも仕方ないわ)

彼の機嫌を取らねば自分はどうなるかわからない。快楽に溺れ、自堕落な女になってしまうかもしれないのだ。

「おはようございます。今日はお昼頃、秀樹さんがいらっしゃるそうですよ」

パンと牛乳の簡単な朝食を持ってキヱが入ってきた。立ち去ろうとする彼女を引き留める。

「待って、教えて欲しいことがあるの」

自分は彼のことをなにも知らなかった、安岡秀樹という男のことを。

「……私の知っていることでしたら」

彼の生家、安岡家は公家の流れを汲む名家だった。秀樹の父親は維新の時新政府に組し、そのおかげで明治になってから作られた銀行の経営に関わることとなった。

秀樹はそんな父親の長男だった。帝大を優秀な成績で卒業し、英吉利に留学経験もある。

若くして部長の地位についているのは縁故だけではないのだ。

「将来は頭取候補と言われているんですよ」

それほど優秀な人物だったのか。

とても自分のような平凡な女が虜にできるような男ではないように思える。

(でも、やらなければ)

彼に一方的に嬲られるだけでは嫌だ。

「……今日は昼から来ると言っていたわよね」

小夜子は衣裳部屋に入ると、一番地味なワンピースを選び着替えた。

「どうされたのですか?」

キヱが怪訝な顔をする。

「手伝って欲しいことがあるの、一緒に厨房へ来て」


昼を少し過ぎてから黒塗りの車が屋敷を訪れた。運転席から降りた秀樹の恰好は白いシャツにズボン姿だった。

「……なにをしているんだ」

玄関で彼を出迎えた小夜子はワンピースの上に白いエプロンをつけていた。彼の無表情に一瞬心が縮こまるが、頑張って明るい声を出した。

「キヱさんに借りたんです。昼食を作ってみたの」

西洋風の厨房はガスも引いてあり、すぐに火がついた。そこで小夜子はオムレツを作ったのだ。西洋料理は女学校で教えてもらった。

「少し形が悪いけど、ちゃんとバタを使ったんですよ。食べてみてください」

だが秀樹はみるみる不機嫌になる。

「なんだその恰好は」

「え？」

それほど怒られるとは思わなかった。小夜子はおろおろと戸惑う。

「お前はこの家の主人だ。なぜ使用人のような恰好をしている」

どうして怒られているのかわからなかった。

「ごめんなさい、秀樹さんにお料理を作りたかったの……」

そう呟くと彼は薄く笑う。

「それで私の心を捉えるつもりだったのか。浅はかな考えだ」

恥ずかしかった。自分の考えなどあっという間に見透かされていた。

「料理を作るくらいで私がほだされると思うな。そんなことよりお前のやるべきことがあるだろう」

秀樹は小夜子の体からエプロンを剝ぎ取ると、手を摑んで二階の寝室へと連れていく。彼女を寝台の上に放り出すと持っていた書類鞄を開ける。

中から出てきたのは白い縄だった。小夜子は思わず身じろぎをする。

「それで、なにをするんですか……」

秀樹はなにも言わず、ワンピースを引き裂いた。貝の釦が弾け飛ぶ。

「やめて！」

ワンピースの下は繊細なシュミーズを身に着けていた。秀樹は絹の薄物の上から白い縄をかける。

「お前をもっと引き立てるやり方だ」

胸の膨らみの上と下に白い縄がかかる。その厳つさとは裏腹に、縄の感触は意外に柔らかだった。だから強く縛られてもそれほど痛みはない。

だが縄で縛られたことで豊かな胸がさらに強調される。秀樹は胴を縛り上げると後ろで手首を一つに纏め、それも縛った。

「いい恰好だ、そうするとお前の美しさが引き立つ。こっちへ来て見ろ」

縛られた小夜子を秀樹は姿見の前へ連れていく。淫らな自分の姿が鏡の中にある。

「許してください……」

縄で強調された胸は前に突き出し、薄桃の乳首もくっきりと浮き上がっている。秀樹はその膨らみを背後から鷲摑みにする。

「ああ！」

「縛られただけで感じているのに、なぜ嫌がる。昨日のようにして欲しいだろう」

彼の言う通りだった。胸を刺激されただけでもう足の間が熱い。シュミーズの下はズロースだけだ。真っ直ぐ細い脛が震えている。

「違います……」

それでも小夜子は嫌がることしかできなかった。自分で認めてしまったら、そこですべてが崩れてしまいそう。

だがシュミーズの上から先端を摘まれると勝手に腰がうねってしまう。

「ひあっ」

「気持ちいいだろう、縛られて、いやらしい気分になるだろう。認めてしまえ」

「違います、私は……あ、ああっ」

両方の乳首を同時にきゅうっとつねられる。痛み一歩手前の感触に小夜子は悶絶した。

「やんっ」

とうとう立っていられなくなってその場にしゃがみ込む。そんな彼女の肩を摑んで秀樹は強引に立たせた。

「どうした、もう気をやったのか？　これほどいきやすくては疲れてしまうだろう」

声だけは優しく、だが容赦なく彼は小夜子を寝台に連れていく。うつ伏せにされて腰を持ち上げられた。ズロースに包まれた尻が彼の目の前にある。

「さあ、どこまで開いているか」

(ああ)

高く上がった尻からズロースが剝ぎ取られた。恥ずかしい場所が剝き出しになる。

「ふふ、かなり開いてきたな。自分でもわかるだろう。昨日とは違う」

小夜子は答えられなかった。彼の言う通りだったからだ。見られているだけなのに、そこが熱い。

自分の体はあの感触を待っていた。

(こんなことって)

たった一度、まだ犯されてもいないのに彼に支配されている、その事実が悲しかった。

熱い息が中心にかかる。

「ひゃうっ」

ぬるりとした舌の感触が後ろから前に走る。開きかけた谷間を彼が味わっているのだ。

「もう蜜が溜まっている。奥まで開きかけているな」

(そんな)

自分の意思とは裏腹に、女の体はもう男を受け入れる準備をしているのか。

（今日、彼のものになるのだろうか）

縛られたまま、獣のように後ろから犯されるのか、覚悟を決めていたつもりでもやはり恐ろしい。

だが秀樹は自分の服を脱ごうともせず、執拗に小夜子の体を責める。

「ふあ……ああ……」

小さな果肉をしゃぶられている間に小夜子の肉体はうずうずと蠢きだす。前にある花芯はもうとうに膨らんでいた。

「どうだ、ここもいいが、中も感じるようになってきただろう」

不意に前の粒を指で触られて小夜子は思わず悲鳴を上げた。

「はうっ！」

秀樹は長い指で肉の中の粒をこりこりと擦（こす）る。そうされると腰が勝手に跳ねてしまう。

「ふふ、ここを弄るとお前の中もひくひくしている。まだ処女なのに男を欲しているようだ」

（酷（ひど）い）

こんな体にしたのは彼なのに——小夜子は熱い息を寝台に吐き出すことしかできない。

「いや、許して……」

彼の指に嬲られて快楽の核がどんどん大きくなっていく。もう破裂寸前だった。

「見ないで……」

奥の奥を見られながらいくことほど恥ずかしい行為はない。せめて足を閉じたかった。

だが秀樹は背後から小夜子の腿をさらに開かせ、淫らな肉を大開きにする。

「お前の奥はもう桃色に染まっている。蜜がとろとろと溢れ出している」

「もう、やめて、あ、あああ」

花の中心を観察されながら、小夜子は達しようとしている。止めようと思っても止まらない。

「やっ……！」

とうとう、彼の指の下で快楽が弾けてしまった。そこがじゅわっと熱くなり、熱が溢れる。

蠢いているのは指の下だけではない。体の中心、奥に隠されていたところが別の生き物のようにひくひくと動いている。

「よく動いている。男のものを咥えたまま達すれば、素晴らしい感触を与えるだろう。生来いいものを持っているようだ」

そんなことを言われても嬉しくはない。男に抱かれるだけの体、そう言われているようで――。

「こんなの、嫌」

思わず呟いた、その言葉を秀樹は聞き逃さなかった。

「今なんと言った？　男を受け入れるのが嫌なのか」

ようやく仰向けになった小夜子は潤んだ目で秀樹を見つめた。

「嫌です、こんな、みじめなこと……縛られて、酷い辱めを受けるなんて」

秀樹はその美しい顔に冷たい微笑を浮かべた。

「お前はまだわかっていないようだな」

いったん立ち上がり、自分の鞄からまた白い縄を持ってきた。それを小夜子の足に縛りつける。

「なにをするんですか！」

腕を縛られているのに、足まで拘束されたらもうなんの抵抗もできなくなる。小夜子は足をばたつかせた。

だが足首を彼に摑まれてしまうと、力勝負ではかなわない。両足首に縄が巻きつき、その一端は寝台の柱に縛りつけられる。

小夜子は足を大きく広げる形にさせられた。

「私がお前をどんな女にしようとしているのか、まだわからないのか？」

小夜子を拘束した秀樹は再び立ち上がり、なにかを持ってきた。細い筆と小さな瓶だった。

「それで私をどうするのですか」

「お前は男を誘惑し、支配する女になるのだ。自分の快楽を相手に与えるのだ」

彼は寝台に座ると瓶のふたを開ける。

「これは妓楼で女たちが自分の道具に塗る布海苔だ」

秀樹は瓶の中に筆先を入れる。引き抜かれた先端は粘液でぬめっていた。

「陰核だけではなく、中も感じるようにしてやろう。そうすればさらに仕事が楽しくなるだろう」

「やめて！」

前の快楽だけでもつらいのに、もっと感じるようになってしまったら……自分はどんな女になってしまうのだろう。

「お願い、もう私を女にしてください。あなたが直接抱いて」

こんなふうに嬲られるならもう処女でいたくない。早く女になりきってしまいたかった。

そんな小夜子を秀樹はただ見つめるだけだった。

「いいや、まだお前の準備はできていない」

彼はなにを言っているのだろう。自分はもうこれほど感じてしまっているのに。

「この花は開きかけているが、すっかり咲いたわけではない。もっと、男を自ら求めるほどになってから入れてやる」

たっぷり布海苔を含ませた筆先が火照った花弁に触れた。

「ひゃうっ」

達したばかりで、そこも敏感になっている。その肉を小さな、柔らかい筆が繊細になぞる。もう、なにも考えられなくなる。

「いああ、ああ！」

自分でも知らなかった、小さな入口を擦られるとそこがきゅうっと収縮するのを感じる。体の中に新しい器官が生まれている。

「よしよし、よく動いている。ここもよく感じるようだ」

「あ、そんな」

足を大きく広げられた恥ずかしい恰好なのに、羞恥を感じる余裕すらなかった。筆先が花弁の隅々までたっぷり擽る。

「やん、あ、ああ」

ひくひくと自分の肉が動いている、勝手に快楽を求めている——このまま、ここでも感じてしまうのだろうか。

「こちらも、感じるようにしてやろう」

秀樹は筆先をそっと、狭い口に差し込んだ。まだなにも入れたことのない場所。

「ひっ」

男の肉体ではなく、物で犯される恐怖に体は縮こまった。すると秀樹は優しく腿を撫でる。

「安心しろ、このまま入れたりはしない。入口を可愛がってやるだけだ」

柔らかな筆はまだぴったりと閉じている蕾の合わせ目をそっとなぞる。その優しい感触に小夜子はおののいた。

(開く)

自分の体が開いていくのがわかる。卵の中の雛が殻を突いて生まれてくるように、自分の中からなにかが生まれようとしている。

「やっ、あ……」

開きかけた入口の内側を細い筆先が擽った。きゅん、という快楽がさざ波のように打ち寄せる。

「あ、あ、あ」

雌核を直接刺激されるのとは違う、もどかしい感覚だった。ゆっくりゆっくり、そこが開かされる。

「もう、少しなら入るようだな」

筆の頭だけが体内に入る。内壁を擦られて小夜子は悲鳴を上げる。

「ひあっ」

筆の頭がねっとりと出入りを繰り返した。引き抜かれるたびに奇妙な感触が小夜子を襲う。

「あ、駄目、そこは」

「ほう、もう感じるのか、覚えが早いな、いい子だ」

秀樹は内側の柔らかな肉を探るようにぐるりと回した。突然の強い刺激に全身が弓なりになる。

「あああ！」

自分の中心がじゅっ、と収縮した。また熱いものが溢れてくる。

（ああ、また）

前を刺激されていないのに、達してしまった。秀樹は体内からこぼれ出る蜜を筆で掬う。

「また気をやったようだ、かなり感じやすいな、扱いに気をつけなければ」

ぐったりと横たわる小夜子の体から秀樹は縄を取り除いた。いったん部屋を出ると、手桶に入れた湯と手ぬぐいを持ってくる。

それで小夜子の体を拭いた。昨日とまったく同じだった。

「今日も頑張ったな。覚えがよくて私も嬉しい。この調子ならすぐ上達しそうだ」

（上達）

それは娼婦として、ということなのか。

娼婦として一人前になったら、自分はまた売られるのか。

（そうなのかもしれない）

処女のまま売ったほうが、きっと高値がつく。散々自分を乱しておいて、秀樹は今日もシャツの釦すら外そうとはしない。

「私は明日からしばらく忙しくなる。次の日曜まで来られないが、退屈だったらキヱと出かけるといい。芝居の切符が欲しかったら彼女に言えば取ってくれるだろう」

「……わかりました」

起き上がろうとする小夜子を秀樹は手で制する。

「見送りなどいらん。疲れただろう。ここで見送ってくれ、それに」

秀樹は小夜子の手を取って口づけをした。彼からのキスはそれが初めてだった。

「もう料理などするな、この手は美しいまま取っておけ。食いたいものがあればキヱに言うといい。彼女は和食も洋食も上手く作るから」

秀樹が去ったあと、小夜子は自分の手をじっと見つめた。白く細い指先に桜色の爪がついている。指は美しいとよく言われたものだ。

小夜子は秀樹が口づけたところに自分の唇を押し当てる。自然と涙が溢れた。

(私は商品)

美しく磨かれ、飾り立てられて誰かに売られるのだ。

(好きになっちゃ駄目)

秀樹に気に入られようなんて思ってはいけなかったのだ。

普通の女のようなことを考えてはいけない。

それなのに。

（好きになっちゃ駄目なのに）

あの美しい目で見つめられると。

あの長い指に触れられると。

胸の高まりが抑えられない。

（これはなんなの）

彼に恋しているはずがない。今まで彼からは酷いことしか言われていない。

それなのに自分は勝手に熱くなっている。

（これが女になるということなの）

見合いで知り合って、特に好きではなくても夫婦になれば情が通じるという。

自分は秀樹に買われ、嬲られているうちに体だけでなく心も縛られてしまったのか。

起き上がる気力もなく夕方まで過ごしていたが、さすがにこのまま夜まで寝ているわけにはいかない。

（そういえば、オムレツはどうしたのかしら）

自分が秀樹と一緒に食べようと思って作った料理はどうなっただろう。まだ残っているなら夕食にしよう。

寝間着の上にガウンを羽織っただけの姿で階下へ下りた。キヱは台所でじゃがいもの皮を剝いている。

「小夜子様、お目覚めですか」

自分の呼び方は結局名前にしてもらった。マダムはどうしても慣れそうにない。

「ええ、ずいぶん昼寝をしてしまったわ。私が作ったオムレツがまだあるでしょう。夕飯はあれでいいわ。卵をたくさん使ったから捨てるのはもったいないでしょう」

するとキヱは奇妙な顔をした。

「小夜子様のお料理は、秀樹様が全部食べてしまわれました」

「ええっ？」

洗い場を見ると確かに空の皿が二つ並んでいる。

「あの人が二つも食べてしまったの？」

そう尋ねるとキヱが恥ずかしそうに俯く。

「申し訳ありませんが、一つは私がお相伴に与ったのですよ。とてもおいしゅうございました。ありがとうございます」

奇妙な感情が胸に湧き上がった。彼が、自分の料理を食べていったなんて。

(料理など作るなと言ったのに)

「……秀樹さんは、どう言っていましたか」

「もちろん旦那様も美味しいとおっしゃっていました。オムレツは一番難しい料理で、これを綺麗に作れるならどんな料理も作れると誉めていらっしゃいましたよ」

(変な人)

食べるのなら、自分と一緒に食べて欲しかったのに。

誉めるのならキヱにではなく、直接言って欲しかったのに。

(あの人がわからない)

もっと知りたい、この気持ちはなんだろうか。

「銀行のお仕事が忙しくて、しばらくいらっしゃらないとおっしゃってましたね」

「……そうですね」

「今夜はじゃがいものスウプを作ってみます。芋と塩だけで作るんですよ。旦那様が留学時代、お金がなかった時によく食べたそうです」

「そう、楽しみだわ」

明日からなにをすればいいのだろう。なにもすることがない。

(もし、自分が彼の妻だったら)

夫ならば、どれほど忙しくても家に帰ってくる。自分は彼の帰りを寝ずに待っているだろう。

彼が留守の間は家を整え、料理を作って待っている。退屈することなどないだろう。やがて子供が生まれ――。

そこまで考えて小夜子は空しい想像を止めた。自分がそんな境遇になることなどありえない。秀樹とも、他の男とも。

まず借金を返すために身を売らなければならない。その後、自分を妻としてくれる男がいるだろうか。

（考えるのはやめよう）

もう自分はまっとうな道から外れてしまった。美しい時期が過ぎれば一人で生きなければならない。

（遊んでいるわけにはいかないわ）

秀樹は自分を甘やかしている。家事は一切するなと言われている。

（このまま歳を取ったらどうなるだろう）

実家にいた頃から一通りの家事はしていたが、この贅沢に慣れてしまったら自堕落な人間になってしまうかもしれない。

「明日からなにをいたしましょう。お芝居でも行きますか」

じゃがいものスウプを食べている時キヱが声をかけた。

「私は外出できるの？」

キヱは優しく頷（うなず）く。

「はい、私が同行させていただきます」

まったくの自由ではない、だがキヱならついてきても大丈夫だろう。

「私、行きたいところがあるの。一緒に来てくれる？」

彼の言葉通り、それから一週間秀樹は屋敷を訪れなかった。小夜子は静かに毎日を暮らしていた。

ある日、屋敷に大きな荷物が届いた。キヱが配達人を差配している。

「それはこの部屋に入れて頂戴」

「なにが来たの？」

書斎で本を読んでいた小夜子は声を聞きつけて見に行った。

「これは」

台所の隣にある部屋に入ったのは大きな白い風呂桶だった。それも自分の知っている木のものではない。

白い陶器でできていて、形は小さな舟のようだ。さらに底には金色の足がついている。

「これでお風呂に入れますね」

「お風呂？　これがそうなの？」

釜がついていなかった。どうやって湯を沸かすのだろう。

「隣の台所で湯を沸かして満たすのです。西洋の風呂だそうですよ」

使用人はキヱ以外に庭の手入れや薪割りをする男性と家の掃除をする女性の夫婦が住み込みで働くようになった。彼らが交互に湯を沸かしては湯船に入れてくれたので、小夜子はその日の夕方この家で初めて湯に入ることができた。

「小夜子様、どうぞ」

キヱにつき添ってもらって体の前を手ぬぐいで隠しながら恐る恐る湯船に浸かる。陶器の風呂は足を踏み入れると滑りそうだ。

「気持ちいい」

最初は怖かった湯船も足を伸ばすと体がはぐれていく。

「キヱさん、あとは自分でやるわ」

「承知いたしました」

未だ人に肌を晒すことに慣れていない。キヱがいなくなってから体を隠していた手ぬぐいを取った。

透明な湯の中に白い体が浮かんでいた。

(次は)

秀樹は自分を抱くだろうか。

何度も彼に開発された肉体は、もうすっかり準備ができているような気がする。

そっと足の間に指を滑らせる。今まで意識することのなかった場所。

もうはっきり二つに割れ、指を優しく包み込む。

(ここに男性のものが)

女学校でもはっきり性のことは教えてもらわなかった。そういうことはすべて未来の夫から教われればいいと思われていた。

そういう無知な自分を大野は求めていた。

(なにも知らぬまま、あの男に抱かれるところだった)

秀樹は違う。自分の体を自分よりよく知っていた。どこを触ればどう感じるのか、全部教えてくれた。

小夜子は自分の指で自分の中を探る。温かい湯の中で小さな花弁もほぐれていった。

(ああ)

奥からとろりとしたものが溢れてくる。もう、どこに男性のものが入るのか小夜子はわかっていた。

(早く)

女になりきってしまいたかった。

何度も肌を見せ、一番恥ずかしいところまで暴かれているのに秀樹は自分を抱かない。

(もう触れられるだけで感じてしまうのに)

自分にまだ、至らないところがあるのだろうか。

それともこのまま誰かに譲り渡すつもりなのか。

「小夜子様」

扉の外からキヱの声がする。

「なんですか」

「先ほど連絡が来まして、銀行から秀樹様がこちらへ向かっているそうです」

「ええっ」

五日ほど来なかった彼がやってくるのか。小夜子は急いで湯船から上がると、浴衣を羽織った。

「秀樹様が来る前に寝室で身支度を整えましょう」

小夜子はキヱと共に寝室に入る。湯を吸った浴衣を脱いで緩やかな寝間着に着替えた。姿見の前でキヱに髪を梳かしてもらう。鏡の中にいる自分の頬はほんのりと桃色に染まっていた。

「お綺麗ですよ、小夜子様」

「そうかしら」

「いつも思っておりました。まるで白磁のような肌」

自信が持ちたかった。自分は美しく、価値がある。

それを阻むものはなんだろう。

（まだ抱かれていない）

抱かれたら、この不安も消えるだろうか。

（今夜こそ）

秀樹は自分を最後まで抱くに違いない。

だってもう、準備はできているのだから。


秀樹を乗せた黒塗りの車が屋敷の庭に入ってくる。砂利を噛む音が響いた。

（どこで待っていよう）

玄関まで出迎えようとして小夜子は思いとどまった。彼はきっと喜ばない。

「私はここで待っているわ。秀樹さんを連れてきて頂戴」

「かしこまりました」

キヱが出ていった後も小夜子は鏡台に座り続け、髪を梳かしていた。長い黒髪を右肩に流す。

（私は美しい）

量が多く、艶やかな髪はよく誉められた。自分でも綺麗だと思う。

（彼に綺麗だと言って欲しい）

階下で人の気配がする。ゆっくり階段を上ってくる。

「入るぞ」

扉が開き、秀樹が入ってきた。小夜子は振り向かず、鏡の中から彼を見る。

「お久しぶりですね」

髪を梳かしながら小夜子は微笑んだ。鏡を通して彼に見えているはずだ。

秀樹は背後から小夜子に近づくと髪を撫でる。

「綺麗だ」

その言葉に全身が熱くなる。彼に綺麗と言ってもらえた、それだけで死ぬほど嬉しい。

(落ち着いて)

心臓が痛いほど鼓動を打っている。それと悟られぬようゆっくりと息を吐いた。

「会いたかった」

小夜子はゆっくり立ち上がると秀樹に体を寄せた。彼は腰を強く抱き寄せてくれる。

美しい顔がすぐ側にあった。

(口づけを)

してくれるかもしれない。

まだ彼とキスをしていなかった。体の隅々まで見られているのに、一番最初にするべきことをしていない。

（どうすればいいのだろう）

彼の瞳が自分を見つめている。今、瞼を閉じればいいのだろうか。

秀樹の呼吸をすぐ近くに感じる。

「キス、して」

小夜子はとうとう目を閉じた。秀樹の視線が強すぎて、もう受け止められない。

口づけをして、自分をしっかり抱いて欲しい。

だが彼の腕の力がすっと抜けた。

「いや、まだだ」

小夜子は驚いて目を開ける。自分のなにが足りないのだろう。

「どうして？　なにがいけないの」

「自分から男を誘うな。男を引きつける女になれ」

秀樹は小夜子の体を反転させると背後から抱きしめる。

「鏡台の前に座っている姿はよかった。お前の背中は美しい」

寝間着の釦を外すと肩から脱がせる。真っ白い上半身が鏡の中に現れた。

「ヴァイオリンのように優雅なラインだ」

鏡台の中にいる自分は大きく張り出した胸に細くくびれた腰を持っている。ここに来てから腰が大きくなったようだ。

「あなたのせいだわ」

以前の娘らしい直線的な体型から柔らかな曲線を描くようになっていた。

「秀樹さんの手でこうなったんです、だから」

最後の仕上げをして欲しい、そう言いたくて振り返る。

だがその顔は強引に前に向けられた。

「だがまだ足りない。例えば、ここ」

彼の手が背中をなぞる。その擽ったさに思わず身をよじった。

「ひっ」

「色気のない声だ。背中でも感じるようになれ」

彼の唇を肩に感じた。それはゆっくり後ろに下がって肩甲骨の辺りを彷徨う。

「この骨は天使の翼と言われている。よく動かして、薄い皮膚の下ではっきり浮き上がるようにしておけ」

「は、はい」

そんなところまで意識したことはなかった。骨の間に触れられると思わず肩甲骨が真ん中に寄る。

「そうだ、胸は大きいのに背中は薄い。その落差が男をそそる」

小夜子は寝台にうつ伏せにさせられた。その上から秀樹が覆いかぶさる。

「白い背中だ、それに手触りがいい」

彼の唇が肩甲骨の間から腰の後ろまで這っていく。擽ったさを堪えていると熱が全身に溜まっていく。

「ああ……」

するといったん秀樹は部屋を出ていった。戻ってきた時、彼は葡萄酒の瓶と洋杯を持っている。

「そのまま、じっとしていろ」

腰の窪みに赤い酒を注がれ、舌で舐められる。

「ああ」

腰の後ろを舌で擦られる。ぬるぬるとした感触にそんなところまで感じてしまう。

「お前は肌が白いから葡萄酒の赤がよく似合う」

酒は腰から背中のほうに流れる。そちらも秀樹は舌で追った。

「ひああ」

擽ったさが快楽をさらに湧き立てた。秀樹は母猫が子猫を世話するように丹念に肌を舐める。

「あ、あ」

肩甲骨の上を舌でなぞられる。ぞくぞくとした感触が全身を包んだ。

「もう……」

快楽を堪えることができない。小夜子の腰が浮き上がる。

「もう、なんだ？」

秀樹の声は冷静だ。その声が羞恥心を煽る。

「もう、抱いてください……」

小夜子は自分から体を反転させた。豊かな胸の上はすでに痛いほど尖っている。

秀樹はその美しい目で自分の目を見つめている。そして腕を胸の下で交差させる。乳房は盛り上がり、深い谷を作った。

「私がお前を抱いて、なにが変わると思う？」

思いもよらぬ問いだった。戸惑っている小夜子の胸の谷間に彼は葡萄酒を注ぐ。

「あ……」

三角形に溜まった酒を彼の唇が啜る。じゅるっと肌が吸われると胸全体が熱くなる。

「なにも変わらない。抱いても、抱かなくても、お前には価値がある」

酒の溜まりがなくなっても秀樹は舌で肌の上をしつこく舐めた。濡れた舌で乳首を包まれ、吸われると気が遠くなるほど気持ちいい。

「ああ、いいの……」

秀樹は指で固く膨らんだ先端を摘まんだ。痛みと快楽の中間で何度も刺激されると気が遠くなりそうだ。

「男は簡単に手に入るものは欲しがらない」

今度は大きな掌で乳房全体を包み、揺さぶるように刺激する。緩やかな感触に小夜子はため息を漏らした。

「抱いたからといってその男が手に入るわけではない。お前は私を繋ぎとめるために『抱け』と言うのだろうが、体を与えたからといって男を縛ることはできない。それより」

再び乳首を同時に摘ままれる。全身を快楽が駆け抜けて小夜子は思わず声を上げた。

「ひゃうっ」

秀樹は右手を小夜子の足の間に滑らせる。そこはもう、熱く火照っていた。

「極上の女になることだ。男が渇望し、どんな手を使ってでも欲しいと思わせる女になることだ。それはただ抱かれるよりずっと難しい。だがお前ならできる」

彼の指が前後に動かされ、敏感な雌芽を刺激する。自分の果肉はもうすっかり蕩けて長い指を包んでいた。

「引きつけるだけ引きつけて、選ばれた男だけにこの体を味合わせるのだ。これほど感じやすい肉体なら男は夢中になるだろう。虜にするのはごく少数でいい。お前は貴重な金剛石、気易く触らせるものではない」

秀樹は小夜子の腰を高く持ち上げる。とろとろにほぐれた場所が一番上になった。

「や……」

彼はそこにも酒を注いだ。冷たい液体は自分の蜜と混じり合ってすぐに熱くなる。

「きゃううっ！」

酒と蜜を同時に啜られて小夜子は悶絶した。すでに尖っている雌芽はあっという間に膨れ上がっていく。

「やああ……！」

持ち上げられた足が痙攣する。ちゅるっと吸われると同時に激しい絶頂が湧き起こった。

「ああ……」

ぐったりと余韻に浸る小夜子の体を秀樹は寝台に横たえる。

「私のことなど気にするな。お前はお前の気持ちのまま、ふるまえばいい。そこから男は勝手に幻想を読み取る。お前に触れるためならどれほどの代償を払ってもいいと思わせるのだ」

小夜子は快楽の霧の中にいた。全身がひくひくと痙攣している。秀樹は寝台からいったん離れると葡萄酒を洋杯に注いで一口飲む。

(私は)

どうしたいのだろう。

男たちを虜にして、自分を縛りつける借金を返し、その先は。

さらに金を稼いで、この世の栄華を極めたいのか。

秀樹の言うことを聞いていれば実現できる。この屋敷で金持ちに抱かれ、宝石を降るように与えられる生活が手に入るだろう。

(私はそうなりたいのだろうか)

もちろん金は欲しい。金があれば自分は自由になれる。ぎりぎりの生活をしている実家だって救えるかもしれない。

(でも)

「今夜はもう帰る。またしばらく来れなくなるが、元気でな」

葡萄酒を飲み終えた秀樹は寝室から立ち去ろうとする。

(待って)

このまま立ち去って欲しくなかった。小夜子は全裸のまま立ち上がり、秀樹の背中に縋る。

「待ってください」

秀樹は振り返らなかった。

「男を追うなと言っただろう」

小夜子は彼の肩をしっかりと摑んだ。細い丸太のような、頑丈な体。

「あなたは私を抱かないのですか。このまま誰かに売るの?」

もう、これ以上不安の中にいることはできない。

自分をどう扱うつもりなのか、それだけ教えて欲しい。

「私はあなたのものになりました。いつかあなたに抱かれると思っていたわ。でもあなたは私を弄ぶだけ。このままなのですか、このまま私は誰かに売られるの？　そうならそうと言ってください」

「それもさっき言っただろう。体を与えたからといって男を繋ぎとめられるわけではない。だから私を誘惑しようとするな」

「あなたを繋ぎとめるために言っているのではありません！」

小夜子は彼の体を反転させた。広い胸板が目の前にある。

「あなたの考えていることがわからないの。私の未来が見えないの。私にはあなたしかいない。あなたが私のなんになるか、まだわからないの。私の最初の男は誰なの。あなたなの、それともまだ顔も知らない誰か？　それだけでも教えて頂戴」

秀樹はなにも言わなかった。無言で小夜子の手を取ると、自分の下腹に誘う。

「あ」

そこには固い、逞しいものがあった。初めて触る、男性の欲望だった。

「私はお前を求めている」

低く、よく響く声だった。

「お前を抱くのは簡単だ。今すぐだってできる。だが我慢しているんだ」

「……なぜ？」

秀樹はしばらく無言だった。いつも弁の立つ彼とは思えない。

「どうして我慢しているの。なにも邪魔するものはないわ」

彼の目が自分を見下ろしている。視線に熱が感じるのは気のせいだろうか。

「……お前に溺れるわけにはいかない」

その言葉は小夜子にじんわりと染み渡った。

「……男は体で繋ぎとめられないとおっしゃったじゃないですか」

彼は薄暗がりの中で苦笑する。

「お前は頭がいいな」

彼の手が自分の頬を撫でる。

(もし私を抱いたら、彼は私に溺れるのだろうか)

溺れて欲しい。

彼を自分のものにしたい。小夜子は腕を回して抱きしめた。

「溺れてください。私はあなたが」

好きだ。

この感情に名をつけるなら、愛しかなかった。

どんなに歪んでいてもいい、彼を手に入れられるのなら。

抱きしめた腕を離される。そのまま遠くへ突き飛ばされた。

「私を愛するんじゃない。私はお前を売る男だぞ」

その声にほんの少し、焦りが混じっていることを小夜子は聞き逃さなかった。

「好きになってはいけないの？　あなたは私を救ってくれた。贅沢な暮らしも快楽も――好意を持って当たり前だわ」

秀樹はゆっくり後ずさる。

「それは愛ではない、保護者を慕っているだけだ」

小夜子にはその区別がつかなかった。彼を待ち、想(おも)うこの気持ちはなんだろう。

「私を愛するな。お前はお前のためだけに生きろ。金も自分のために稼ぐのだ。私のためではない」

彼の目が暗がりで光っている。

「男に溺れて沈んでいった女たちを大勢見てきた。お前はそうなるな。私を男として見るんじゃない。お前はその体で金を稼ぎ、自由になるのだ」

彼の言っていることはわかる。だが、わかりたくない。

「私は……あなたが」

心を打ち明けたかった。報われなくても知っていて欲しい。

だが秀樹は小夜子の言葉が終わる前に体をひるがえし、寝室を出ていった。薄明かりの中、白い裸体のまま小夜子は取り残される。

部屋にはまだうっすらと葡萄酒の香りが漂っていた。


秀樹はまた、屋敷を訪れなくなった。

小夜子はただ彼を待つしかない。実家へ葉書を書くことはできるが、何枚か出すともう書くことはなくなってしまった。

(あの人はなにを考えているのだろう)

自分に溺れるわけにはいかない——秀樹は確かにそう言った。

(私に溺れて欲しい)

あの美しい人が自分に夢中になったらどれほど嬉しいだろう。

(私だって、きっと溺れる)

秀樹に抱かれたら、彼のことで頭がいっぱいになってしまうだろう。

そうなったら、他の男に抱かれることなどできないかもしれない。

(じゃあ、このままでいいの?)

彼のぬくもりを知らぬまま、他の男に抱かれる暮らしに入ったほうがいいのかもしれない。

彼は手に入らない男、もともと縁がなかったと思えば……。

「ああ、嫌だ」

なにもせず庭を眺めていると嫌なことばかり考えてしまう。サンルームから見る庭は夏の盛りで緑が輝いているのに。

「今日は暑くなりそうなので、氷屋から氷柱を運ばせました。どこに置きましょう」

「ありがとう、寝室に入れて頂戴」

大きな盥に入った氷の柱が寝台の近くにやってきた。蒸し暑い空気が徐々に冷やされる。

「見ているだけで涼しいですね」

キヱも心なしかほっとした表情だ。

「食用の氷もありますから、麦茶を冷たくして持ってきましょうか」

「いいわね、あなたも一緒に飲んで頂戴」

「よろしいのですか？」

「一人で飲んでもつまらないわ」

透明な洋杯に麦茶と氷を入れたものをキヱが持ってきた。二人は窓辺に座って冷たい茶を飲む。

「そういえば、聞きたいことがあったの」

小夜子は寝台の上の壁に残っている十字架の痕を指さした。

「この屋敷に住んでいた人はキリスト教を信じていたの？　私も学校はカトリックだったか

ら懐かしいわ」

キヱは一瞬口ごもったが、静かに頷いた

「そうです。ここにお住まいだった方はキリスト教信者でした。私もよく日曜日に教会へお供いたしました」

小夜子は恐る恐る尋ねる。

「どんな人だったか教えてくれる？　ここには以前、どんな人が暮らしていたの」

キヱはしばらく黙っていた。

「秀樹さんに口止めされているの？」

そう言うと彼女は首を横に振った。

「いいえ、そう言われてはおりません――よろしいですわ、私の知っていることをお教えします」

この家は、ある実業家の妾の家だった。

「旦那様は英吉利に留学されて、向こうの文化に大変影響を受けられたのです。外国人の設計家に依頼して、家具や緞帳もすべて輸入したものです」

そうだったのか、道理で日本では見たこともないものばかりだった。

「玄関にたたきがないでしょう。最初は靴のまま部屋の中まで入っていたんですよ。私も草履のままここまで入っていました。最初は慣れなくて大変でした」

小夜子は思わず噴き出した。キヱのため息がそれほど大きかったからだ。

「私も学校では靴のまま入っていたわ。最初は驚いた。でも家でもそれでは寛げないわね」

「そうなんですよ。ご主人様もすぐそれに気がついて、靴は脱ぐようになったのです。でもこのお屋敷はお気に入りで、お客様を呼んでパーティーを催していました。お客様も洋風のドレスをお召しになって、まるで鹿鳴館のようでしたわ」

ヨーロッパの文化を取り入れるため政府が建築した鹿鳴館のことは小夜子も知っていた。個人の屋敷でそれに並び称されるとは、どれほど煌びやかだったのだろう。

「とても華やかだったのですね。その女性はどんな方だったの？」

まるで英吉利の邸宅のような屋敷、そこに住まわせていた女性はどんな人だったのだろう。

「お美しい方でした。少しお生まれが複雑で、ご苦労をされた女性なのです。ここに来てようやく居場所を見つけられたと言っておられました」

きっと自分のように苦悩があったのだろう。

今はどこに住んでいるのだろう。キヱに尋ねると一瞬の沈黙ののち、こう返答された。

「……ご縁があって、ある方に嫁ぎました。今は幸せにお過ごしでしょう」

「そう」

この豪奢な屋敷でただ一人の男性を待つ暮らしというのは、どんなものだったろう。小夜子はしばし、以前の女主人に思いを馳せた。

四　陥落

日曜の昼近く、一週間ぶりに秀樹が現れた。

「しばらく来られなかったが、退屈していなかったか？」

「はい」

彼から贈ってもらったワンピースに身を包んだ小夜子は美しく微笑む。彼に言われた通り家事をしていない指先は白いままだった。

「私が来ない間、なにをしていた？」

「色々です……退屈でしたわ」

本当はあることを始めていた。だがそれをまだ彼に話す気はない。

秀樹は小夜子の全身を丹念に見つめ、すっと立ち上がった。

「今日は百貨店に行くぞ」

「ええ？」

この屋敷に来てから彼と一緒に外に出るのは初めてだった。慌てて余所（よそ）行きの着物に着替え、彼と共に黒塗りの車に乗り込む。

「なにを買うのですか」

「服だ」

「着るものなら充分あります」

秀樹が屋敷に届けさせた服はまだ箱から出していないものもある。そう言うと彼は薄く笑った。

「あれは普段着だ。今日はお前を飾るものを誂えに行くのだ」

車は麻布から銀座に入る。市電や人込みを避けながら三越の前に止まった。

「安岡様、お待ちしておりました」

歩道にはすでに店員らしい男性が待ち構えていて小夜子と秀樹を出迎えてくれた。彼に従って店に入る。中は買い物客でいっぱいだ。

だが店員はどこにも立ち止まらず、真っ直ぐ昇降機に向かう。降りたのは四階、紳士服売り場だ。

(自分の服を見るの?)

だが店員はまだ立ち止まらない。壁際にひときわ重厚な扉がある。彼はそこへ二人を招き入れた。

「こちらでしばらくお待ちください」

そこは百貨店の貴賓室だった。中はさらにいくつか部屋に分かれていて、秀樹と小夜子はある一室に通された。

「安岡様、ご足労ありがとうございます。お申しつけくだされればこちらから伺いましたのに」

先ほどの店員より年嵩（としかさ）の男が現れた。彼が秀樹の担当らしい。

「なに、休日だしたまには外を見せてやりたくてな」

年嵩の男は一瞬小夜子に視線を走らせる。だが無遠慮にじろじろ見るようなことはしない。

「それはようございました。なんでもお申しつけください。仏蘭西から届いたばかりのコルセットもございます」

「頼むよ、私は女性用の下着はよくわからん」

「お任せください。奥様、こちらへどうぞ」

小夜子は秀樹と離されて別室へ向かう。そこには百貨店の制服である紺色の洋装に身を包んだ女性が四人待機していた。一人の女性は首から紐の測りを下げていた。

「奥様、今日は西洋風の下着を初めてお誂えになるのですね。申し訳ありませんが、お体を測らせていただきます」

小夜子は面食らった。ズロースやシュミーズは買ったことがあるが、体を測ったことなどない。

「どうして体を測るのですか」

一人の店員が筒のようなものを持ってきた。盃(さかずき)のように下がすぼまっている。

「これはコルセットといって、西洋の女性はドレスを着る時にこのような下着で体を整えるのです。腰は細く、胸は前に張り出させるのが西洋風ですわ」

小夜子はよくわからなかった。西洋のコルセットというものはまるで鎧(よろい)だ。

(こんなものを着ているのね)

言われるまま腰巻と肌襦袢だけになる。店員は薄物の上から測りで胴回りや胸囲を測った。

「お胸は大きいのに腰は細いのですね。理想的な体型ですわ」

店員が誉めそやす。そういえば秀樹も同じようなことを言っていた。

「では実際にコルセットをつけてみましょう。肌襦袢をお脱ぎになって」

「こ、ここでですか」

皆の見ている前で脱ぐことに抵抗があった。すると店員は優しく笑う。

「お気になさることはないのよ。でも、私だけでお世話いたしましょうか」

測りを持った店員以外は外に出ていった。一人だけになったので小夜子はゆっくりと肌襦袢を脱ぎ、腰巻だけになった。

「では、当ててみましょう」

彼女はコルセットの前面を小夜子の前に当てると、背後に回って背中を止めた。

「まだ腰は締めていませんが、いかがでしょう」

部屋には大きな姿見がある。そこに映った自分の体型は一変していた。腰は白い筒に覆われ、細く引き締まっている。胸の膨らみは二つの椀のようなものに収まって鎖骨の辺りまで盛り上がっている。

（これが私）

写真でしか見たことのない、亜米利加の女優のようだった。小夜子の通っている学校では活動写真は禁止されている。だから新聞で写真を見ることしかできなかった。髭を蓄えた騎士に抱かれた姫の胸は高く盛り上がり、腰は蜂のように細かった。

コルセットに覆われた自分の腰もあの写真のようにくびれている。胸は上へ盛り上がっている。

「お似合いですわ。こんなに腰が細いですのね。足も長くてドレスが似合いそう」

コルセットの上からワンピースを着せられる。特に飾りのない黒い生地だったが、それがかえって体の曲線を引き立てる。

「なんてシックなんでしょう。巴里の女性みたいね」

着物用にまとめていた髪も解かれ、黒いリボンを巻かれた。胸には真珠の短いネックレス、そして最後に鏡台の前に連れていかれる。

「これは仏蘭西から届いたばかりの紅ですのよ」

店員の手の中には、金色の小さな筒が握られていた。それは二つに分かれ、中には薔薇のように赤い紅が収まっている。

小さな筆で紅が唇に塗られると、小夜子の顔は驚くほど華やかになった。

「綺麗」

思わずそう呟くと、年嵩の店員が微笑む。

「奥様お美しいですわ。旦那様もきっとお喜びになります」

(奥様ではないし、彼は主人じゃない)

皆を騙しているようで心苦しかった。踵の高い、まるでつま先立ちをしているような靴を履いて彼の前に現れる。

ソファーに座ってコーヒーを飲んでいた秀樹は現れた小夜子を見て立ち上がる。

「見違えたな。似合うぞ」

微笑まれながらそんな言葉をかけられると、つい誤解してしまう。

(私を、少しは好きなんですか?)

ただの商品、高く売るために飾り立てているのではないのか。

それとも、少しは女性として好意を持っている?

彼の心が読めないまま、小夜子は微笑みかけた。

「靴が、歩きにくいですわ」

「慣れることだ。姿勢よく、膝を伸ばして歩くんだ。このまま飯を食いに行こう」

小夜子は戸惑った。こんな恰好のまま外に出ていくのか。

「待ってください。自分の着物に着替えるわ」

だが秀樹は小夜子の手を握って離さない。

「なにを言っているんだ。その恰好だからいいんじゃないか。これも訓練だ。堂々と歩け」

まだ心の準備ができていない。だが秀樹は小夜子の手を自分の肘に摑まらせてどんどん歩いていく。とうとう貴賓室から店内へ出てしまった。

紳士服売り場には夫の服を買いに来たような夫婦連れがそこここにいた。彼らの間をすり抜けて秀樹は昇降機へ向かった。

「一番上にレストランがある。なかなか美味い店だ。洋食も好きだろう」

「はい……」

小夜子は生きた心地がしなかった。自分の胸は砲台のように突き出している。皆がそこを見ているような気がする。自分の勘違いではなく、すれ違う男が一瞬体に視線を走らせるのだ。

それに、自分たちのように腕を組んでいる夫婦もいない。皆少し離れて妻は夫の後ろを歩いている。ぴったりくっついている二人を見て嫌な顔をしている夫人もいる。

「離れましょう。私、一人で歩けます」

強引に手を彼の肘から引き抜こうとする。だがその拍子に不安定な足元がふらついてしまった。

「おっと」

今度は秀樹の手が腰を支える。彼はそのまま小夜子を引き寄せ、手を離さない。ますます恥ずかしくなった。

「お願い、離してください」

「なぜだ、男は女性をエスコートするものだ。恥ずかしがることはない」

昇降機がやってくるまでの間が酷く長かった。ようやく到着した箱に乗り、最上階の食堂に向かう。

白い布が敷かれたテーブルの前に案内された。メニューを渡されたが、コルセットで胃を締めつけられているせいか、緊張のせいか食欲がない。そう秀樹に伝えると彼は微笑む。

「ならコンソメとパンでも食べればいい。汁物なら咽喉を通るだろう」

大きな皿に盛られた茶色のスープはいい香りがした。そっと口に含むと滋養の味が拡がる。

「ほら、こうして食べればいい」

秀樹は籠に入ったパンを勝手にちぎってスープの中に入れる。

行儀が悪いのではないか、だがスープをたっぷり吸ったパンのかけらはおかゆのようで食べやすい。

スープ一皿とパンを食べてしまうと、不思議に力が湧いてきた。

「とても美味しかったわ。肉の味がするのね」

「牛肉と野菜で作るんだ。鍋で二時間も煮るのだそうだ」

秀樹はハンバーグステーキを注文して勢いよく平らげている。その旺盛な食欲がなんだか可愛らしい。

(子供みたい)

秀樹はやはり西洋料理が好きなのだろうか。自分の料理を食べてもらいたい、そう思うのは愛なのか、それとも勘違い？

「……ちょっと、行ってきます」

小夜子は先にお手洗いに立った。

レストランを出て少し歩いた階段の近くに御不浄がある。用を済ませ、歩きにくい靴でゆっくり店に戻ろうとすると不意に後ろから肩を叩かれる。

「あの……もしや、甲野小夜子さんじゃない？」

はっと振り返ると、想像もしなかった顔があった。

女学校での級友、高田芳子であった。卒業の時自分を心配してくれた、優しい友人だ。

「芳子さん」

絶句している小夜子に芳子は駆け寄って手を握る。

「心配していたのよ。卒業後連絡が取れなくなってしまって、お手紙を書いたのに返事もくれなかった。嫌な噂も聞いたけど、小夜子さんを信じていたの」

芳子に向ける顔がなかった。「嫌な噂」というのは妾のことだろう。それは真実なのだ。彼女からの手紙に返信をしなかったのも、どう書いたらいいのかわからなかったからだ。

そして、今の自分はもっと悪い。

「芳子さん、ありがとう。あのね……」

友人に打ち明けようとした。自分の境遇を——その時、彼女の体が急に離れた。

(え?)

芳子の背後には一人の男性がいた。背広姿で若い。そして、怖い顔で自分を見つめている。

「芳子さん、この女性は誰なんですか」

彼は厳しい目で自分を見ている。小夜子は言葉に詰まってしまった。

「正夫さん、この人は学校で仲良しだった甲野小夜子さんよ。小夜子さん、こちらは佐々木正夫さん、私の夫です」

「まあ……おめでとう」

芳子は確か学生時代に婚約していたはずだ。卒業して半年、晴れて彼の妻になったのか。

思わず芳子へ歩み寄ろうとする。すると正夫という彼女の夫は妻を自分の背後に隠した。

「正夫さん?」

芳子は怪訝な表情をする。

「甲野小夜子さん。ずいぶん派手な恰好をされているようだが、今なにをなさっているのですか」

顔が熱かった。彼は自分をさげすんでいるのだ。

「あなたの噂は私も知っています。芳子さんのお母様に教えていただきました。大野商会の社長に囲われる予定だったんですよね」

「そんな」

芳子が小さく悲鳴を上げる。彼女には知って欲しくなかった。

「だが大野商会は倒産した。私は銀行員だから知っているんです。その後、あなたはどうされたのですか。家にも戻らず、そのような高いドレスを身に着けて……まるで洋妾(らしゃめん)だ」

恥ずかしくて仕方がない、正夫の言う通りだった。自分は秀樹に買われた娼婦だ。

「正夫さん、よしてください。彼女は私のお友達なのよ。この恰好もきっとわけがあるんです」

だが正夫は妻の前だからか、ますます声を荒らげる。

「君こそ目を覚ましなさい。この人はもう女学生じゃない。我々とは住む世界が違うんだ」

住む世界が違う。

確かにそうだ。自分はもう芳子とは違う世界に来てしまった。

(どうしてこんなことに)

一年前は仲のいい友達だった。本を貸し合ったり、お互いの家へ遊びに行ったりしていた。だが今は違う。自分は秀樹の所有物で、芳子はもう銀行家の妻なのだ。どこで離れてしまったのだろう。

「小夜子さん……」

芳子は自分を見つめている。その目に涙が浮かんでいた。

「甲野さん、申し訳ないが、今後芳子とはつき合わないでください。僕は銀行に勤めている。妙な噂が立つと」

きつい口調で小夜子を責め立てていた正夫の言葉が急に止まった。そして小夜子の肩を抱く者がある。

いつの間にか背後に秀樹が立っていた。

「……安岡部長？」

正夫の顔が驚きに歪む。そうだ、秀樹は帝国銀行の部長だ。すると正夫も同じ銀行なのか。

「私の連れになにか用かな、佐々木君」

秀樹は正夫の名前を正確に口にした。

「あの、その女性が私の妻の友人なのです。学生時代の親友なのですよ、なあ芳子」

急に愛想よくなった正夫に小夜子は呆れた。芳子も面食らった顔をしている。

「二人は卒業以来初めて会ったそうですよ。少し話をさせてやりたいのですがどうでしょう。

喫茶室にでも行きませんか」

（近づくなと言ったのに）

秀樹は銀行でも力のある男なのだろう。だから芳子と自分をだしにして彼と時間を過ごしたいのだ。

正夫に反論してやりたい。だが側にいる芳子のために黙っていたほうがいいのだろうか。彼女は複雑な顔をしている。

「なるほど、そちらが君の細君なのだね」

秀樹は正夫に近づく。

「はい、女学校出身で、家柄もいいのです。それに美人でしょう。安岡さんの恋人ほどではありませんが、はは」

友人の目の前で容貌を評され、小夜子は気分が悪くなった。さっきまで『洋妾』とまで言っていたのに。

（こんな男と一時も一緒にいたくない）

思いを込めて秀樹のほうを見るが、彼はこちらに背を向けたままだった。

秀樹は正夫を自分のほうに引き寄せ、耳元に口を寄せた。

「それで、芸者の女はどうした。お前が子供を産ませたんじゃないのか」

正夫の顔がみるみる青くなった。小夜子もぎょっとして彼の顔を見る。芳子は少し離れたところにいるので聞こえていないようだ。

「なにをおっしゃっているのです、私は」

「知らないとでも思っているのか。手切れ金を調達するために銀行から金を借りただろう。あれほど熱を上げていたのにもう他の女性と結婚するとは」

正夫の顔が今度は赤くなる。

「私は……本当は彼女と結婚したかった。だが芸者上がりはやめろと親や上司から言われたんです。銀行のためですよ」

小夜子は呆れた。子供まで生した女性を捨てたのに、自分が被害者のような顔をしている。

（芳子さんは知っているのかしら）

学校でも真面目で通っていた彼女だった。婚約者に隠し子がいるなんてきっと知らないだろう。側で不安そうにこちらを見ている彼女が可哀そうだった。

秀樹はおろおろとする正夫を冷たく見つめていた。

「私は君の私生活など知らん。だが私の連れを侮辱するのはやめてもらおう。細君と幸せな家庭を築きたいだろう」

正夫は脂汗を流しながら頷いた。秀樹はゆっくり彼から離れると今度は芳子に歩み寄る。

「小夜子のご友人だそうですね。ご結婚おめでとう。お幸せに」

「あ、ありがとうございます。あの」

芳子は秀樹の顔をしっかりと見つめる。

「小夜子さんとこれからも友人としてつき合っていきたいのです。彼女は今どこに住んでいるのか、教えていただけませんか」

小夜子は涙が溢れそうだった。芳子の友情に、それに答えられない自分の境遇に。

「――いいですよ。あとで詳しい住所をお教えしましょう。では私たちはお先に失礼します」

秀樹は小夜子の手を自分の肘に摑まらせて立ち去った。向かう先は先ほど着替えた貴賓室だ。

小夜子は屋敷から着てきた着物に再び着替えた。コルセットから解き放たれた胴で大きく息を吐く。

「では帰ろうか」

車に乗り込み、屋敷へ向かう。街は夕暮れが近づいてきた。

「友達の住所は覚えているか？　手紙を出すといい。たまに遊びに来てもらえ」

「そんなことできないわ」

小夜子はきっぱりと言った。

「あの屋敷を見て彼女はなんと思うかしら。贅沢な生活を見てどう思うかしら。芳子さんはいい人なの、心配かけたくない」

ある意味正夫の言ったことは正しい。自分は妾、いやそれ以下なのだ。

「私はなんなのですか」

感情が止まらなかった。

「なに、とはなんだ」

「私はあなたのなんなの。妾ですらないわ。まだ高く売れないのかしら。早く借金を返させて頂戴」

感情が高ぶって止まらない。秀樹はあれほどのことをしておきながら、自分の欲望を向けることはない。

(私は抱くにも値しない女なの)

悲しかった。どれほど高い服を着せられ、贅沢をさせられていても空しい。

秀樹の心がないなら。

そのことに気づいたとたん、小夜子の目から涙が溢れた。

「どうしたのだ」

秀樹の声に動揺が混じる。そんな声は初めてだった。

「なんでもないわ。私が馬鹿なだけです」

彼が自分を愛するはずがない。女として見ているわけでもない。

自分は秀樹の債権、彼に金を稼がせる道具なのだから。

(でも)

せめて、最初だけは彼でありたい。

それがただの欲望でもいい、自分を女にするのは秀樹以外考えられない。

「私を、抱いてください」

車を運転する秀樹に小夜子は小声で囁いた。

「なにを言っているんだ」

彼の声は固かった。怒らせたのだろうか。

(どうでもいい)

自分に芳子のような将来は待っていない。一生日陰の身だろう。

ならば、秀樹との行為を思い出として持っていたい。

(私は)

彼を好きになってしまっている。

残酷に嬲りながら優しく触れてくれる彼に。

自分のオムレツを食べてくれた彼に。

芳子の夫から守ってくれた彼に。

「あなたに私の最初を貰って欲しいの。そのあとなら誰にでも抱かれるわ。だから」

その時車が麻布の屋敷に到着した。秀樹は運転席から出ると助手席のドアを開ける。

「中に入れ。私はここで帰る」

「えっ」

自分が決死の思いで打ち明けた言葉を聞いていたのだろうか。

「どうして帰るの、私のことが嫌いなんですか」

「そうじゃない、女からそんなことを言うものではない」

秀樹ははっきり動揺していた。それはなにを意味するのだろう。

「お前は商品だと言っただろう。安売りをするんじゃない」

もう一度車に乗り込もうとする秀樹の手を小夜子は摑んだ。

「待って」

手が震えている。自分と、彼の手も。

「私は愚かよね、分不相応な望みを持ってしまった」

秀樹は自分から顔を背けている。

「あなたに愛されるとは思っていないわ。でも、せめてあなたに最初の人になって欲しい。それだけなの」

彼はそっぽを向いたままだった。その恰好がなんだか子供っぽい。

「それすら駄目だと言うなら、早く私を売ってください。借金を返したらもうあなたとは関わりませんから」

もう駄目だ、自分は彼に嫌われている——小夜子は秀樹の手を離し、屋敷へ向かった。

「さようなら」

扉を開けようとした、その時。

強い力で背後から抱きしめられた。

「お前は、私のものだ」

言葉が出なかった。

「私は……あなたのなんなのですか」

彼の気持ちがわからない。秀樹は自分の腕の中で小夜子の体を反転させる。

「私のものだ」

「愛しているのですか、少しは」

その時急に息ができなくなった。

(あ)

口づけをされていた。初めてのキスだった。

秀樹の息が体内に入ってくる。

(ああ)

それだけで体が融けるほどの快楽だった。

(これほど)

口づけだけでこれほど気持ちいいなんて。

もっと激しい行為を何度もしているのに、今までで一番気持ちよかった。

「ああ……」

ようやく唇が離れた時、小夜子は一人で立てないほど腰が砕けていた。

「来い」

秀樹は扉を開け、小夜子を真っ直ぐ二階まで連れていった。

ベッドに彼女を座らせると秀樹はシャツの釦を外す。

(やっと)

初めて見た彼の肉体は、まるで彫刻のように引き締まっていた。

「お前を抱く。だが、愛ではない」

なぜだろう、不思議にその言葉に傷つかなかった。

「最後の仕上げをする。お前の体を最後まで磨き上げる」

上半身裸の彼が自分の着物を脱がしていく。小夜子の体にはまだコルセットの痕が残っていた。

「この痕も、美しい」

胸の下の線に彼が口づける。

「ああ……」

乳首や、足の間でなくても彼の唇が触れるところは心地よい。

(融ける)

芳子の婚約者に罵られたことも、もう友人とは違う世界に行ってしまったことも。すべて温かい雲の中に消えてしまう。

「美しい、隅から隅まで白く柔らかい、光っているようだ」

秀樹は腹から背中に唇を這わせる。

彼に触れられている箇所から黄金に変わるようだ。

(そんな物語があったわ)

触れるもの皆金に変わる王——秀樹はそんな男だった。

彼に抱かれると自分が花開いていくのがわかる。快楽を与えられるだけの時とは違う感触だった。

小夜子を全裸にしてから秀樹はズボンと下着を脱いだ。すでに起立している男性のものを小夜子は初めて見る。

(これが)

男性の欲望なのか。まるで小さな棍棒(こんぼう)のように腹の上に突き立っていた。

素裸の彼が覆いかぶさってくる。両手を摑まれ、身動きできないようにされてから口づけをされた。

（ああ）

縛られるのは初めてではない。だが彼の手に掴まれ、口づけをされるのはまったく違う感触だった。触れ合う肌もずっと広い。

胸と胸、腹と腹が密着している。それだけで熱い感触が湧き起こってくる。

「はあ……」

口づけをしながらため息を漏らす。唇を軽く噛まれて内側の粘膜を舌でなぞられた。そんな行為も気が遠くなるほど気持ちよかった。

秀樹はいったん体を離すと胸を両手で集め、先端を交互に口に含んだ。

「ひゃうっ」

火照った体の中の、さらに感じやすい乳首を舐められて小夜子は体をのけぞらせる。秀樹は丸い先端を口の中に含むとくちゅくちゅと転がす。

「ああ、いいの……！」

吸うように刺激され、浅い絶頂が全身を襲う。

「もう体がひくひくしている。感じているんだな」

「そうなの……こんなに、気持ちよかったのね」

それは素直な気持ちだった。すると、頬を掴まれ強烈な口づけをされる。

「そんなふうに言うな、私を夢中にさせるつもりか」

駆け引きなどなにもなかった。ただ、感じたことを口にするので精いっぱいだ。

「本当なの、抱き合っているだけで心地いいのよ」

すると秀樹は体を離すと足の間に入る。

「それ以上言うんじゃない。もっと、もっと感じさせてやる」

足を開かされ、中の果肉を舌で掻き回される。

「ひああっ！」

すでに開発された淫具は粘膜の刺激を受けてひくひくと蠢いている。さらなる愛撫を求めて淫芽は体内から顔を出していた。

「もうこんなに大きくなっている、ここを吸って欲しいだろう」

ぷっくりと膨らんだ淫靡な雌蕊はもう破裂寸前になった。秀樹の大きな舌に包まれ、蜜と共にちゅっと啜られると全身を快楽が貫いた。

「きゃううっ……！」

じゅん、と体内が潤うのがわかる。内部がひくひくと蠢いて、さらに大きく開いていく。

「入るぞ……」

とうとう彼の頑丈な腰が足の間に入った。まだ熱を持っている花弁の中心に、太いものがめり込む。

「あ」

それは想像以上の大きさだった。まだ筆先しか入ったことのない、狭い花弁が大きく開かれていく。

「あああ！」

拡げられる、彼が自分の中に入ってくる、今までの行為とはまったく違う感覚だった。

「どうだ、痛むか」

秀樹は体を進めることをいったん止め、小夜子の目を覗き込む。

「わからないの……あなたで満たされている……」

すると秀樹の顔が上から覆いかぶさってきて、また口づけをする。

「そんな……可愛いことを言うんじゃない……私を虜にするのか」

虜？　虜になっているのは自分のほうだ。彼に抱かれたくて仕方なくて、やっと抱かれたらもう離したくない。

(あなたがいる)

はっきり感じていた。体の奥まで開かれて、彼が入ってきている。

「抱きしめて」

繋がったまま彼の体と密着する。心臓の鼓動が伝わってきた。

「愛している」

自然に口にしてしまった。彼からの返事はない。

（それでもいい）

一方的な想いでもいい。この気持ちを彼に聞いて欲しかった。

「愛している、愛しているわ」

ようやく彼が唇を開く。

「そんなふうに言うんじゃない」

「なぜ？」

「本気にするじゃないか」

「私は本気よ……本気で」

次の瞬間、唇を塞がれた。

「そんな言葉は客に取っておくんだ」

泣きたくなった。自分のこの気持ちは、ただ一方的なものなのか。

小夜子は初めて秀樹に逆らった。

「言いたいの、私は言いたいの、言わせて……ただ、聞いてくれるだけでいいから」

彼は小夜子を抱きしめたまま、耳元で囁く。

「駄目だ、言葉は人を作る。お前は私を愛してはいかんのだ」

小夜子は彼の首を抱き寄せてその耳に言葉を注いだ。

「わかったわ……」

悲しかった。なんの見返りも求めない言葉すら、自分には権利がないのか。

やがて彼の腰が緩やかに前後運動を始めた。中の肉を擦られて小夜子は悶絶する。

「うああ……」

「痛むか」

秀樹はいったん動きを止めた。その仕草に彼の愛情を感じる。

「ゆっくり、動かして、お願い……」

腰を強い手で摑まれ、男のものがゆっくりと出入りする。自分の奥が刺激され、熱くなっていく。

「ああ、感じるわ、熱い、こんな、ところまで入ってくる……」

自分の上にいる秀樹の息も荒くなっていく。

「いいよ、私のものを、摑んでいる……引き込まれていく……極上の、感触だ」

自分の体で彼が喜んでいる、それが喜びだった。

繋がったまま秀樹の手が胸を揉む、二つの乳首を同時に摘ままれた。そこから生まれた快楽が全身を包む。

「中が、動いている、感じているんだな、気持ちいいか」

よくわからなかった、繋がっているところは大きく拡げられて擦られる刺激しかない。

ただ、熱い。燃えるように熱かった。

（火がつく）

自分が燃える。薪のように燃えてしまう。

燃え尽きて、なくなってしまいそう。

「ああ、ああ、ああ！」

秀樹の動きが激しくなる。もう痛みはなかった。中をえぐられ、深く貫かれる。

「う、うう……」

秀樹の口から低い声が漏れる。その瞬間、体内のものがひくひくと蠢いた。その感触に小夜子も煽られる。

「あ、ああ」

秀樹の体が降ってきた。その背中はしっとりと湿っている。

「達してしまった、こんなに早く……」

なにが起こったのかまだよくわからない。

「どうしたんですか？」

すると秀樹がくすりと笑った。

「本当におぼこなんだな。こんなに感じやすいのに」

自分の体内から彼のものがずるりと抜かれた。繋がっている場所を手ぬぐいで彼が拭う。

少しの血液と、ぬるりとした体液がついていた。

「これが今、私のものから出た。子供ができる精だ」

「これが」

確かに自分の中に入った。まだ自分の中に残っている。

秀樹は衣裳室から浴衣を出して羽織ると、水を入れた桶と手ぬぐいをもう一枚持ってきた。

それで小夜子と自分の体を拭く。

「お前は男の体を勉強しなければならない」

小夜子の隣に秀樹が座った。クッションをいくつか持ってきて小夜子の背中に当ててくれる。

「これを見ろ、男の欲望だ」

それは彼の下腹でぐったりとしていた。さきほどの棍棒とはまったく違う。

「柔らかいわ」

小夜子は白い指をその器官に絡めた。こんにゃくのような、頼りない感触だった。

「男はこれが立つとたまらなくなる。女が欲しくて仕方なくなる。吐き出してしまえばそれで終わりだ、次の欲望まで女は欲しくなくなる」

「では、もう私はいらないのですか？」

柔らかく握っていると、手の中のものは再び固くなっていった。

「……お前は違う。まだ欲しくて仕方がない。見ろ、大きくなってきただろう」

まるで魔法のように男性のものは頭をもたげてくる。

「凄（すご）いわ」

改めて見ると秀樹のものは大きく固かった。小夜子の指を弾き返すほどの弾力がある。

「そのまま、触ってくれ」

おずおずと手を前後に動かす。すると手の中でそれはぴくぴくと動き出した。

「いいぞ……そのまま、続けろ」

秀樹の手が小夜子の足の間に入る。

「あ」

手ぬぐいでぬぐわれたところはまだ潤っていた。彼の指先が埋もれていた花芯を探り出す。

「ここが、女のものだ。お前のものもこれみたいに大きくなる。だからこうすると」

彼の指が動く、たった今まで擦られている場所を刺激されて小夜子は思わずうめいた。

「痛むか？」

秀樹はすっと指を抜いた。

「いいえ、大丈夫です」

彼の欲望を逸らしたくはなかった。だが彼は自分のものから小夜子の指を外すと彼女の体を抱き寄せる。

「私に遠慮するんじゃない。お前の体は大事にしなければならない。まだ傷ついているようだ。これ以上はやめておこう」

小夜子は悲しかった。彼の欲望が消えてしまったらここから立ち去るのではないか。

「もう痛くありません。だから、続けてください」

すると秀樹は小夜子の目を見つめると深く口づけをした。

「自分を安売りするものではない。お前は金剛石だと言っただろう。一筋でも傷がつくようなことはしてはいけないいし、誰にもさせるな」

涙が溢れそうだった。自分は秀樹に大事にされている。それがもし金のためだとしても、心が熱くなった。

「わかりました。でも、今夜は側にいて欲しいのです。ただ抱きしめていて」

すると秀樹は自分を抱きしめたまま寝台に横になった。

「私に夫や恋人のようなことを求めるな。今夜は最初の夜だから一緒にいてやる。だがこれが最後だ。私は家に帰らなければならない」

悲しみと喜びが同時に襲った。彼を愛してはいけない。それはわかっている。

だが彼は今夜だけ、自分の側にいてくれるのだ。その気持ちはなんだろう。

「ありがとうございます」

薄い掛布に包まって小夜子は秀樹の胴に腕を回した。丸太のようにがっしりとしている。

それは初めて知る、男の骨組みだった。

「これからさらにお前を磨き上げる。どんな人間にも侮らせたりしない」

昼間、芳子の婚約者に言われたことを言っているのだろうか。もう自分は気にしていないのに。

「嬉しいですわ」

それでも小夜子は秀樹の気持ちが嬉しかった。

彼は自分を大事にしてくれる。それがどんな理由であれ、小夜子の気持ちを満たしてくれる。

(彼のためならなんでもできるようになるだろうか)

この愛が行きつくところまで行けば、彼のために見知らぬ男に抱かれることもできるようになるのだろうか。

(まだ、考えられないけど)

彼以外の男に抱かれるなんて嫌だった。

まだ、体内に彼の感触が残っているのに。

(これが、売られると言うことなのね)

自分の意思とは違う行為でもしなければならない、それが自分の運命なのだ。

「……どうした」

いつの間にか、泣いていた。裸の胸で小夜子を抱いていた秀樹が気がつき、頭を撫でる。

「……なんでもありません、あなたに抱かれてよかった」

本当のことを言うことはできない。

他の男に売られるのは嫌だと。

(そんなことを言ったら、きっと嫌われる)

彼が優しいのは自分に価値があるからだ。この肉体を金持ちの男に与えれば、自分が一生かかっても稼げないほどの金が与えられる。

(だから私を大事にしてくれているの)

だから、他の男など嫌だと思ってはいけないのだ。

「幸せだわ」

小夜子はだから、自分の心の半分しか言わなかった。

秀樹は黙っている。やがて静かな寝息が聞こえた。

小夜子はその横顔をそっと見つめた。彫刻のように美しい鼻筋。

「あなた以外の男は嫌」

やっと本音を言うことができた。

「あなたのことが好きよ。他の男にやらないで」

秀樹は子供のようにぐっすり眠っていた。小夜子はそんな彼に向ってたっぷり自分の気持ちを話すことができる。

「愛しているの、お金があるからじゃない、助けてくれたからでもない。あなただけが……好きよ」

晩夏の夜は更けていく。夜の空気はそろそろ肌寒かった。

秀樹は以前より足しげく通うようになった。平日の夜はたとえ一時でも顔を出し、週末は土曜の午後から来てそのまま泊まることも珍しくない。

(あの夜が最後だと言ったのに)

小夜子は嬉しかった。彼の中で自分への気持ちが変化している、そんな甘い予感がした。屋敷を訪れても秀樹は甘い言葉を発するわけでもない。二人でキヱの用意した食事をして、彼はすぐ書斎に籠り仕事に取りかかることもある。小夜子はそんな彼に茶を運ぶ。ただそんなことが嬉しかった。

「今夜は私が風呂に入れてやろう」

初めての夜から五日後、土曜の夜に秀樹がそんなことを言った。まだあの夜から彼には抱かれていない。

「そんな、一人で入れます」

小夜子はなんだか恥ずかしかった。一週間肌を晒していなかったせいか、彼に裸体を見られるのが面はゆい。

秀樹は小夜子の意思を無視して風呂場に連れていく。自分が帯を解いている間に秀樹は湯気の出ている風呂桶になにかを入れていた

「これはなに？」

手ぬぐいを前に当てながら振り返ると、湯船の中は泡でいっぱいだった。

「西洋ではこうやって入るんだ」

恐る恐る足を踏み入れた。体が泡で埋まっていく。

「ただ入るだけで汚れが落ちるだろう」

シャツ姿の秀樹は腕まくりをして湯の中にある小夜子の腕を撫でる。

「雲の中にいるようだわ」

そう言うと秀樹はくすくすと笑った。

「私も英吉利で初めてこんな風呂に入った時は驚いた。入り方がわからず周りを水浸しにして管理人のおばさんに怒られた」

彼が自分のことを話してくれたのは初めてだった。

「英吉利ってどんなところなの？」

「建築物はさすがに美しかった。だがさすがに米の飯が恋しかったよ。他の留学生と一緒に鍋で飯を炊いて、醤油(しょうゆ)だけで喰(く)ったりしていた。部屋の中で靴を履く生活にも最後まで慣れなかった」

なんだか彼が身近に感じられる。西洋風の顔立ちなのに中身はやはり日本人なのだ。

風呂から上がり、泡を綺麗にぬぐうと浴衣を着て寝室に向かった。秀樹は風呂に入らず一緒についてくる。

「服を脱いでうつ伏せになれ」

言われるがまま小夜子は浴衣を脱いで寝台にうつ伏せになる。風呂から上がったばかりの体はまだしっとりと湿っていた。

秀樹はチェストからなにかを取り出し、近づいてくる。

「これは香りのついた油だ。肌に塗ると艶やかになる」

冷たい液体が背中に垂らされ、彼の掌が全体に伸ばす。体温に温められてふんわりと花の香りが漂った。

「いい香り」

思わずそう呟くと彼が微笑む気配がする。

「薔薇の香りを油に移しているのだ。これを塗ると体から花の香りがする」

まるで自分が一輪の薔薇になったような気分がした。背中から腰にかけて塗り上げると、秀樹は小夜子の体を反転させる。

「あ……」

初めて彼に抱かれた夜からまだ裸体を見られてなかった。恥ずかしさに思わず胸を隠す。

「美しくなった」

彼は茶色の小瓶から油を掌に取ると、小夜子の咽喉元から拡げていく。

「手を外せ、全部に塗るんだ」

小夜子はおずおずと彼に胸を晒した。二つの大きな乳房に秀樹は香りのいい油を塗りつける。

「見ろ、お前の肌がさらに艶やかになる。陶器のようだ」

滑らかな油が肌に沁み込んでいく。乳首を摘まれるときゅんと感じてしまう。

「ああ……」

「感じるだろう」

腹からその下へ、彼の手が滑っていく。油に濡れた指が狭い谷間に入っていく。

「ひああ」

最初に抱かれた時以来、そこは開かれていなかった。ぬるぬると滑る指が何度も谷間を擦る。

「痛むか？」

「いいえ……」

初めて奥まで入れられた時の夜は少し疼く感覚があったが、ほぼ一週間経(た)った今苦痛はなかった。

「見せてみろ」

秀樹は足のほうへ移動して大きく開かせる。彼の指が小さな花弁を開いた。

「あ……」

恥ずかしさに小夜子は顔を覆った。油で濡れた指でそこを拡げられると、勝手に快楽が疼いてしまう。

「まだ触れていないのに、もうこれが膨らんでいるぞ」

果肉の中の芯を指で擽られる。すでに生まれかけていた快楽が一気に開花していく。

「ひあ、そこ、いいっ……!」

思わず快楽を白状してしまう。秀樹の指がそこを優しく回した。

「あ、ああ」

すでにきゅうっと収縮している淫肉の中へ彼の指が入っていく。

「痛くないか」

一度貫かれただけの谷間はまだ狭かった。少し指を前後に動かされると鈍い痛みが走る。

「………」

だが小夜子は正直に言うことに躊躇(ためら)いがあった。彼の興を削ぐことにはならないだろうか。

「どうなんだ、感じるのか」

「はい……」

「嘘をつけ」

指がすっと抜かれた。

「感じていれば私にはわかる。まだ潤いが足りないな」

秀樹は薔薇の香りがする油を指に塗りつけた。果肉の中にも垂らす。

「ああ……」

ぬるりと再び指が侵入してくる。先ほどよりずっと滑らかだった。狭い中を探り、優しく擦る。

同時に彼は小さな花芯をもう一方の指で摘まんだ。

「やあ、そんな……！」

中に指を入れられたまま淫らな芯を擦られると、自分の肉が収縮する感触をより鮮明に感じる。それは彼にも伝わっているはずだ。

「よく締まっている、感じているな――私の指を美味そうに喰っている」

「許して……」

ひくひくと奥で指先が蠢く、そうされると勝手に腰が動いてしまう。

「ここか？　中のここがいいのか？　前を弄らなくてもよく動くようだ」

蜜壺の奥、天井の一点を擦られると気が遠くなるほど気持ちいい。

「あ、いい、そこ、いいの……！」

とうとう小夜子の頭から躊躇いが消えた。自分の中に快楽の泉がある、それをもっと、掘り起こして欲しい。彼の指で、もっと、もっと……。

秀樹が壺の奥を擦ると、そこがだんだんしこってくる。快楽が溜まって溜まって、破裂しそう。

「そこ、そこが……」

「ここか、こうだろう」

秀樹の指がこりこりとしたところを執拗に責める。小夜子は気が遠くなっていった。

「あ、あ、ああーーっ！」

びくん、と全身が震える。彼の指を咥えている秘肉がじゅっと収縮した。

「中でも達したようだ。ここを男のもので擦られたら、さらにたまらないだろう」

「ああ……」

たっぷりとほぐされた中に彼のものが入ってきた。奥まで満たされ、小夜子は無心で彼に抱きつく。

「いいのっ、しっかり、抱きしめて……」

太いものの先端が、自分の感じるところを擦る。二人の体に挟まれて小夜子の小さな粒も肉の中で膨らんでいく。

「ああ、凄い……」

秀樹は小夜子の体を持ち上げると、自分の腰の上に乗せる体勢になった。太いものがさらに奥深く入り、小夜子をのけぞらせる。

「自分で動いてみるんだ、自分の気持ちいいように」

小夜子は彼の頑丈な肩に手を置いて腰を自分で動かす。奥の、一番いいところに彼の先端を当てる。

「ここが、いいの、とても気持ちよくて……」

香油を塗った肌から薔薇の香りが立ち昇る。秀樹は目の前で揺れる胸の間に顔を埋めた。

「素晴らしい香りだ、薔薇とお前の匂いが混じり合って、男を陶酔させる」

彼の舌が谷間の薄い皮膚を舐めた。彼の腕が細い腰を抱きしめて背中を撫でる。小夜子の全身が喜びの声を上げている。

「あ、凄い、また、いっちゃう……！」

小夜子は彼の頭を抱きしめながら二度目の絶頂を迎えた。体内に突き刺さっている太いものを自分の肉がしっかりと摑んでいる。

「なんて、凄い感触なんだ、私のものに絡みついている。奥へ引き込む、極上の道具だ」

小夜子の絶頂に煽られたかのように秀樹の動きも激しくなった。しっかり腰を掴んで下から突き上げる。

「あ、激しい……！」

奥で弾ける感触があった。それを小夜子ははっきり体でわかった。

「もう、いってしまった、こんなによくては、私の体が持たない」

秀樹の額には汗が滲んでいた。いつも冷静な彼が、一瞬我を忘れてくれることが嬉しい。

「壊れてしまいそう……」

うっとりと彼の肩に凭れると、秀樹の手が優しく頭を撫でてくれる。

「そんなことを言われたら、男は夢中になってしまうだろう。上手いものだ」

その言葉は小夜子の心を刺す。

（手練手管ではないのに）

彼だけを夢中にしたい。他の男など目に入らない。

（言ってはいけないの？）

胸の内を打ち明けたい。彼だけを愛していると。

（できない）

そんなことを言ったら嫌われてしまう。他の男に売れない女に価値はないのだから。

（私は商品）

豪奢な屋敷も贅沢な服も、薫り高い油も全部自分の値段を吊り上げるためだった。

(彼を愛してはいけない)

薔薇の香が残る寝台で、小夜子は秀樹の胸で眠る。今夜だけは恋人の夢を見たい。

五　繋がり

三越からまた大量の箱が届いた。開くと華やかなドレスやコルセット、それに口紅や白粉もやってきた。

「こんなに……」

夜に訪れた秀樹は小夜子の体を真新しい服で飾る。コルセットをつけた胴は優雅な曲線を描く。その上から黒地に花を刺繍したドレスを着せられた。

「似合うな。お前は肌が白いから黒い服が似合う。これから黒衣ばかり着るといい」

姿見の中の自分は確かに美しかった。だが小夜子の心は晴れない。

「この恰好で、どこへ行くんですか」

芳子の婚約者から『洋妾』と言われたことがまだ心の傷になっていた。着飾った装いで出かけてもまた誰かに傷つけられるのではないか。

秀樹は箱から靴を出した。三越の貴賓室で履いた、踵の高い靴だった。

「今夜、知り合いの店に行こう。洋行帰りの男が自分の趣味で出した酒場だ。来るのも知り合いばかりだ」

それなら少し気は楽だった。だがどうして自分を連れていくのだろう。

不安げな小夜子の顔を見て、秀樹は笑いながら彼女の顎を指で上に持ち上げた。

「安心しろ。今夜お前を誰かに売るつもりはない。お前の魅力がどれほど強いものか確かめたい」

それでも不安だったが、紅を引き髪を巻いて高い靴を履くと不思議に気持ちが高揚する。

(私、彼にふさわしい女に見えるかしら)

靴を履いたまま秀樹の腕に摑まって屋敷を出ていく。玄関の前にはいつもの車が待っていた。

「メルローズへ」

車は麻布から銀座へと移動した。すでに夜り八時だがガス灯が灯り、街は明るい。

「ここだ」

ある煉瓦作りのビルの前で車は止まった。秀樹が先に降り、小夜子の手を取って下車させる。

「地下の店だ。気をつけて下りろ」

ビルの一階に扉がある。それを開けると地下に伸びる階段があった。

「怖いわ」

蠟燭の明かりだけを頼りに小夜子はゆっくり階段を下りる。下には再び扉が現れた。秀樹がそれを開くと、どっと人の声が流れ込んでくる。

壁も床も煉瓦作りの小さな酒場だった。長いカウンターと、いくつかの背の高い丸いテーブルが置いてある。椅子はあまりなくて皆立ったまま酒を飲んでいるようだ。

「おお、安岡くん、やっと来たな。ようやく君もメッチェンを作ったか」

奇妙な単語を発する、大柄な男が近づいてきた。彼の隣には一目でわかる玄人(くろうと)筋の女性が腕に絡みついている。

「萩山(はぎやま)、君はこんなところに通っていていいのか、新婚のはずでは？」

萩山と呼ばれた男は隣にいる女性の頬に強烈なキスをする。

「俺の情熱のまま家庭に帰ったら細君を壊してしまう。これは家庭を守るための工作なのだ」

その男はふと小夜子に目をやる。

「それにしても、君のメッチェンは実に美しい。挨拶をしてもよろしいかな」

秀樹が頷くより早く、彼は小夜子の手を取った。

「初めまして。私は萩山則之(のりゆき)、秀樹とは帝大からの友人です。お美しいフロイライン、彼に飽きたらいつでも私を呼んでください」

いつまでも小夜子の手を握っている萩山を秀樹が引き剝がす。

「いい加減にしろ、お前のメッチェンが気を悪くしているだろうが」

化粧の濃い女性は、しかしよく見ると小夜子とそれほど変わらない歳に見える。

「秀樹さん、私足が疲れてしまったわ。どこかに座りたい」

そう訴えると彼は店の隅のスツールに連れていってくれた。丸い椅子に座ると足がつかないほど高い。

「飲み物を持ってきてやる。甘い酒がいいだろう」

なにもわからないので彼に任せるしかない。小夜子は皆が歓談している中、高い椅子の上でじっと待っていた。

「ねえ、あなた」

不意に声をかけられる。振り向くとさっき秋山と一緒にいた化粧の濃い女性だった。

「なんでしょう」

「あの人があんたと話したいんだって。向こうへ行きましょうよ」

いつの間にか萩山は部屋の隅にあるソファーに席を取っていた。

「……秀樹さんと一緒に行くわ。待っていてください」

すると彼女は皮肉そうに笑う。

「男の言いなりになることないじゃない。彼がいなければ椅子から下りることもできないの？」

小夜子は軽く腹が立った。高い椅子からすらりと下りると彼女の目を見つめる。

「私はよく知らない人と話したくないだけよ。あなたこそ、萩山さんのお使いじゃないの」

彼女はこってりと色を乗せた瞼を歪ませる。

「生意気ね、私と同じ商売女のくせに」

小夜子は言葉に詰まった。怒りではない、悲しみからだった。

芳子の婚約者から『洋妾(らしやめん)』と言われた時はつらく、悔しかった。だが彼女からの言葉は自分を刺さない。

それは彼女自身を刺す言葉だった。

小夜子は彼女の目をじっと見つめる。

「あなた、お名前は？」

「は？」

「あなたの名前と、歳を聞かせて頂戴。同じくらいじゃない」

彼女はしばらく俯いていた。その額の艶やかさが彼女の若さを物語っている。

「遠田(とおだ)トキ、十七歳よ」

小夜子は驚いた。まさか年下だったとは。

「私は十八歳よ、子供じゃない」

するとトキはあざ笑うように言う。

「歳がなんだい。あたしは十五の時からミルクホールで働いているんだよ。あんたは女学校出だろ、お嬢様じゃないか」

小夜子は胸が詰まった。自分の身の上を嘆いてばかりだったが、もっと若い頃から苦労をしている女性がいる。親に売られ、酷い境遇の女性もいるだろう。

「萩山さんはお金であなたを買っているの？　本当は嫌い？」

するとトキの目がこころなしか潤んでいる。

「嫌いじゃないよ……あの人は私がミルクホールで働かなくてもいいようにお金を出してくれたし、あたしの気持ちが固まるまで抱こうとはしなかった。勉強だってさせてくれるの」

その顔は恋する乙女そのものだった。小夜子は思わずトキの手を握る。

「じゃあ他の女を呼びに行くなんてやめなさいよ。彼が好きなんでしょう」

トキは頭を左右に振る。

「好きだって、駄目よ。あの人には奥さんがいるしとってももてるの。私は買われた女だもの。せいぜいお妾にしてもらうのを待つしかないわ」

自分と同じだ、小夜子は胸が熱くなった。

秀樹のことが好きなのに、打ち明けられない。

「……私も、同じなの。秀樹さんの恋人じゃないのよ」

小夜子は自分の身の上を簡単に説明した。借金のかたに秀樹に買われて、いつかは他の男に売られること。

「あんたはそれでいいの？」

「……望んでいるわけではないわ。でも、仕方がない。あなたと同じよ」

彼と結婚したいわけではない。そんなことは望んでいない。

ただ、自分の気持ちを打ち明けられないのがつらい。

「でも好きなんだろ？」

そうトキに言われて小夜子は頷く。

「好きよ」

「彼にそう言えばいいじゃない」

「駄目よ、あの人は私が高く売れるから手元に置いてくれるの。今日も、もしかすると私の客を物色しに来たと思うのよ」

そう言うと不意にトキは小夜子の手を強く握る。

「試してみよう」

「え？」

「秀樹とかいう男に売らせることはないよ。自分の客は自分で見つけるんだ」

トキは小夜子の手を握ると店の真ん中に歩み寄る。二人の女性を周囲の男たちがちらちらと見る。

「おトキ、どうしたんだその美女は、お前の友達か？」

知り合いらしい壮年の男性が声をかけた。

「初見せの娘よ、今夜の相手を探しているわ」

すると店中の男たちの目がこちらを向いた。

「なんだって、さっきからその娘には注目していたんだ」

「いくらでつき合う？　言い値を出す」

「これから私の家に行こう」

集まってきた男たちをトキが手で制する。

「待ちなさいよ、この人はあの男のものなのよ。金額交渉は彼にしなさいよ」

トキが指さすほうに秀樹がいた。洋杯を一つ持ち、こちらをじっと見つめている。

(秀樹さん)

自分を見る視線が痛い。

「なにをしているんだ」

人込みを掻き分け秀樹が近づいてきた。

「小夜子の借金はいくらなの」

自分の代わりにトキが秀樹に話しかける。

「そんなことを聞いてどうする」

「今夜で返してあげなさいよ。そうすれば小夜子は自由だわ。ねえみんな、彼女にいくら出す？」

「五十円だ！」

一番前にいた男が声を張り上げる。

「けち臭いな、俺は百円」

「二百円出す、どうだ」

「借金はいくらなんだ。いくらでもいい、その三倍出すぞ」

男たちの熱気が高まっていく。とうとう一人の男が小夜子の手を摑んだ。

「きゃ……」

小夜子が悲鳴を上げるより早く、秀樹がその男を振り払い腕を摑んで自分のほうに引き寄せた。

「私の女にそんな安値をつけるんじゃない」

秀樹の剣幕に皆は一瞬恐れをなすが、酔った男たちは収まらない。

「お前の女とはどういうことだ、お前の妻か妾なのか」

「初見せとおトキが言っていたから売り物だろう」

「買ってやると言っているんだ」

欲望に煽られた男たちの顔は恐ろしく、小夜子は秀樹の背後に隠れる。

（怖い）

この中で一番高い値をつけた男に抱かれなければならないのか、自分の意思とは別に——

小夜子は嫌悪感を抱いた。

(こういうことなのか)

身を売るというのは、売られるというのはこれほど恐ろしいことなのだ。改めて自分の身の上の悲しさに気づく。

秀樹にだけ抱かれていたから、気づかなかった。この世の恐ろしさに。

小夜子を背後に隠したまま秀樹は無言だった。

(どうするの)

自分をここで誰かに売るのだろうか。店の男たちは皆裕福そうだ。

自分の体は秀樹によって開発され、もう充分売り物になるだろう。

思わず彼の袖を摑む、迷子になりそうな子供のように。

「この女は」

やっと秀樹が口を開いた。

「お前たちにはもったいない」

くるりと振り返ると秀樹は小夜子の手首を摑んだ。

「来い」

小夜子は彼に引きずられるように階段を上った。ガス灯の灯った表通りから路地に連れていかれる。

「どういうつもりだ」

「……あなたこそ、どういうつもり？」

無理矢理歩かされて足が痛かった。それ以上に気持ちが荒れていた。

「たった今私の借金が返せたのに。私を早く売って頂戴。そして自由にして」

秀樹は小夜子の肩を摑むと建物の壁に押しつける。

「自由になったらどうする。私の元を去るか」

思いもよらない言葉だった。彼の気持ちがわからない。

「あなたは」

聞きたくて、聞けなかったことが口から溢れそうだ。

「私のことをどう思っているの。少しは好いてくれるの」

とうとう口にしてしまった。気持ちを聞いてもどうしようもないのに。

秀樹は口ごもった。明らかに動揺している。

(言わなければよかった)

ただの商品としか思っていないのに、彼の気持ちを求めて困らせている。

(もう駄目だ)

彼に嫌われる。本当に今夜売られて、お別れになるかもしれない。

「私は、あなたが好きです」

秀樹の目を真っ直ぐ見つめて告白する。

「あなたのためならなんでもするわ。誰かに売りたかったら売って頂戴。でも忘れないで、私はあなたが一番好きなの。他の誰に抱かれても私は」

次の瞬間、小夜子は秀樹に抱きしめられた。

「それ以上なにも言うな」

強く抱かれ、息ができない。

「お前を他の男に売るのが惜しくなった」

その言葉に小夜子は気が遠くなった。

(それは)

彼も自分のことを、少しは好きなのだろうか。

ならば、彼のことを愛してもいいのだろうか。

「私」

口を開こうとしたとたん、キスをされる。

「大事にしすぎて、売りたくなくなったんだ」

銀座の路地裏で秀樹は何度も小夜子にキスをした。そのまま天に昇りそうなほど幸せだった。

「愛しているって、言っていいのですか」

秀樹の胸に顔を押し当てながら小夜子は呟いた。

「……好きにしろ」

彼は言葉を返してくれない。だが自分を抱きしめる腕の力が強い。

(私を、愛してくれている?)

言葉にはしてくれないが、確かに秀樹の熱を感じた。

(信じたい)

金でも欲望でもない、確かに愛情があるということを。

「愛しているわ」

この言葉は、空しい遠吠えではない。

秀樹の中で響いているはず、小夜子はそう信じた。

「おお、そこにいたのか」

人の声に大通りのほうを振り返ると、萩山とトキが立っていた。

「よかった、仲直りしたみたいね」

トキが微笑んでいる。小夜子は秀樹の胸から飛び出て彼女に駆け寄る。

「ありがとう、あなたのおかげよ」

彼女はいたずらっぽく笑った。

「あたし、わかってたんだ。彼があんたに夢中だって。だからわざと焦るようなことをしたんだよ」

(そうだったのか)

他人にもわかるほど彼は自分を愛してくれているのか。小夜子はますます愛への確信を確かなものにした。

「メルローズは小夜子さんの話で持ちきりだ。他の店に行こう。ホテルで飲み直さないか」

萩山の提案で四人は帝国ホテルに行った。夜更けに入ったホテルのロビーは人気がなく、受付で萩山が手続きをするのをソファーに座って待っていた。

「部屋を二つ取ったぞ。上着を脱いで俺の部屋で飲み直そう」

小夜子と秀樹は萩山に取ってもらった部屋に入った。小夜子は部屋に二つ並んだ寝台の一つに座ると、たまらず靴を脱いだ。

「ああ、足が痛い」

秀樹は部屋の隅にある物入の奥から靴のようなものを持ってきた。

「それはなに?」

「スリッパという西洋人用に作られた部屋で靴代わりに履くものだ。本来ホテルは部屋の中でも靴で過ごすものだが、お前は慣れていないのだから無理をするな」

小夜子は足だけスリッパという平たい布の靴に替えて萩山たちの部屋を訪ねる。そこにはすでに葡萄酒の瓶と洋杯が四つそろっていた。

「ルームサーヴィスで取っておいたぞ」

男性二人は窓辺にある椅子に座り、小夜子はトキと並んで寝台に腰を下ろした。トキは部屋の中でも高い踵の靴を履いたままだった。

「あなた、スリッパというものに履き替えないの？」

「私はミルクホールで鍛えたから大丈夫。一晩中靴で立っていても平気よ」

葡萄酒を傾けながら秀樹と萩山は難しい政治や経済の話をしている。

退屈したトキは大げさにあくびをした。

「ねえ、その話私たちに関係ないでしょ。小夜子さんと一緒に隣の部屋に行っていい？」

萩山はわざとらしく顔を顰めた。

「お前たちがいなければつまらない。ただ俺たちの話を聞いているだけでいいからそこにいてくれ」

トキは鼻で笑った。

「変なの。ただここにいるだけでいいだなんて、まるで犬コロかなにかみたい」

すると萩山はトキに歩み寄ると彼女を抱きかかえ、膝に乗せて椅子に座り直した。

「犬でいいじゃないか、可愛い狆だ」

大柄な萩山に腰を強く抱かれ、トキが暴れても気にしない。

「やめてよ、離して！」

「どうしてだ、俺はお前にぞっこんなんだ、可愛い奴め」

萩山はトキの頬にキスをする。その様子を小夜子は微笑ましく見れなかった。

（本当に犬みたい）

萩山は確かにトキを可愛がっている。だがそれはあくまで自分の側に置いておく犬と同じだった。

トキ本人の意思は聞いてもらえない。

（私もそうなのかしら）

秀樹は自分を愛してくれている。

だが、それはあくまでも愛玩動物としてのものなのだろうか。

自分が意思を持ち、彼に逆らったら――それでも愛してくれるだろうか。

その時、秀樹が立ち上がると萩山とトキに近づいた。

「よさないか、君は酔っぱらうとしつこくなる、悪い癖だ」

彼は萩山の手からトキを解き放つと立ち上がらせた。

「退屈させてすまない、小夜子と一緒に隣の部屋で過ごしてくれ。ルームサーヴィスで好きなものを頼むといい」

（秀樹さん）

密かに心を痛めていたことを秀樹がやめさせてくれた、そのことが嬉しかった。

「あと、今夜はお前とトキの二人で寝ろ。秋山は夜自分の家に帰る。そうしたら彼女は一人で寝なければならない。可哀そうだろう。今夜は一緒にいてやりなさい」

秀樹は今夜ここに泊まれるが、萩山は違う。夜遅くても自分の家庭に帰る人間なのだ。そこまで考えてくれる気持ちが温かい。側で聞いていたトキが言葉に詰まりながら礼を言った。

「……ありがとう」

「行きましょう、トキさん」

小夜子は彼女の手を取って自分たちの部屋に行った。ルームサーヴィスで紅茶を取り、二人で窓辺の椅子に座る。

湯気の立つ紅茶のカップを傾けながら、トキがぽつんと呟いた。

「優しい人ね」

「……そうなの、優しいのよ」

そうだ、秀樹は最初から優しかった。

大野の会社が倒産して、途方に暮れている自分を助けてくれた。

そのままでは妓楼に行くしかなかった自分を屋敷に連れていき、安全に住まわせてくれた。

最初から彼は自分を守ってくれていた。

「普段は冷たい感じがするけど、優しいの。大好きよ」

夜景を見ているうちに涙が滲んできた。

(あんな優しい人はいない)

思い起こせばいつも、自分のことを考えてくれていた。

「やだ、どうして泣くのよ」

トキがからかうように肩を叩く。

「だって……いつかはお別れしなければならないのよ」

自分は秀樹と結婚はできない。

たとえ借金がなくなっても、自分は妻にはなれないだろう。

こんなに優しい人と出会ってしまって、他の人を愛せるだろうか。

「泣かないでよ、私だって泣きたいのよ。萩山には奥様がいるんだから」

「泣きなさいよ、あなただって泣けばいいわ。私より年下のくせに」

小夜子はトキの肩を抱いて背中を撫でる。すると彼女の体が細かく震えだした。

「うっ……ううっ」

まるで子供のようにしゃくり上げている。その背中を小夜子はいつまでも撫でていた。


翌朝目が覚めると扉の下に置手紙が差し込まれていた。秀樹からだった。

ホテルの便箋（びんせん）には綺麗なペン字が並んでいた。

『おはよう
私は直接会社に行く。二人はタクシーを呼んで帰りなさい。朝食はホテルのダイニングで取れるようになっている。鍵を忘れないように』

封筒の中には車代には充分すぎるほどの金、十円が入っていた。

「隣の部屋にはもう誰もいないらしいわ。朝ご飯を食べに行きましょう」

簡単に身支度を整え、二人でダイニングへ向かった。入口の人間に部屋の鍵を見せるとにこやかに迎え入れられる。

「卵料理はなにがよろしいですか？」

目玉焼きとオムレツを選ぶことができた。オムレツを選ぶと綺麗な木の葉型のものが出てくる。

「綺麗だわ、こんなものが作れたらいいのに
以前秀樹に作った不恰好なオムレツを思い出して恥ずかしくなる。

「あなた、西洋料理が作れるの？」

目玉焼きを選んだトキが目を丸くする。

「女学校で習ったの。でもこんなに綺麗じゃないわ。実家は裕福ではなかったので卵はたまにしか買えなかった」

二人は朝食を取りながらたわいのない話をした。久しぶりに女学生時代に戻ったようだ。

「ねえ、すぐ帰らなくてもいいんでしょう。あたし、ここのアーケードに行ってみたかったんだ」

トキが言うには、ホテルの中に服や宝石を売る店があってここに泊まっている人間は外に出ることなく買い物ができるという。

「でも、私お金を持っていないわ。タクシーにいくらかかるかわからないもの」

戸惑う小夜子に向ってトキは上手にウインクをした。

「今下見をしてあとで秀樹さんにねだればいいじゃない。あたしもあとで萩山に買ってもらうんだ」

そういう考え方もあるのか。秀樹にねだることはしないだろうが、アーケードというものは見てみたい。

「いいわ、行ってみましょう」

ホテルのアーケードは一階にあった。廊下に沿って宝石や吊るしの洋服を売る店がいくつも並んでいる。

「まあ、素敵」

建物の中に商店街が並んでいるようだ。買うつもりのなかった小夜子もついつられてショーウインドウに飾られている宝石などをを見る。

「綺麗ねえ、置いてけぼりにされた詫びにあれをねだろうかな」

確かに金剛石の首飾りは綺麗だった。だが心から欲しいかどうかはわからない。

「あ、あれ」

小夜子は洋服の店の前に行った。そこにはネクタイが店内の陳列棚に規則正しく並んでいる。

「あの、黄色のネクタイが綺麗だわ。秀樹さんに似合いそう」

トキがくすくすと笑った。

「あんたって本当に首ったけなんだから」

小夜子も負けずに微笑み返す。

「仕方ないじゃない、好きなんだもの」

「もう、ご馳走様!」

強く肩を叩かれた。久しぶりになんの屈託もなく笑えた気がする。

(私は秀樹さんが好き)

そう言ってもかまわないのだ。

だって、秀樹も自分のことを少しは好きでいてくれるのだから。

「トキさん、お金ある?」

「三円くらいならあるけど」

「あのネクタイを買いたいの。秀樹さんにプレゼントするわ。あとで返すから一時貸してくれない？」

「いいわよ、お金なんか萩山にねだればいいのよ」

ところが店に入り、店員に値札を見せてもらうと二十円もした。想像よりずっと高い。

「英吉利製の生地ですので」

若い男の店員は小夜子たちを少しあざけるような雰囲気があった。

「悔しいわ、小夜子、タクシー代を足したら買えないかしら」

秀樹が置いていった車代は十円、とても足りなかった。それに自分のせいでトキを市電に乗せるわけにはいかない。

「ありがとう、でも、それでも足りないのよ」

トキは悔しそうに顔を顰める。

「あいつ、きっと私たちのこと馬鹿にしているよ」

自分だって悔しかった。それに、せっかく見つけた秀樹へのプレゼントを手に入れたかった。

だが自分はなにも持っていない。服も靴も、このホテルも全部秀樹が支払ってくれたものだからだ。

（私のものじゃなかった）

鉛を飲み込んだような気持ちで店を出ようとした時、目の前に信じられない人間を見た。

「小夜子さん」

先日三越で出会った、友達の芳子がいたのだ。

「驚いた、また会ったわね。神様のお導きかしら」

芳子は人妻らしい地味な単衣に身を包んでいた。思わず小夜子は彼女の手を摑んでいったんアーケードの廊下に出る。

「会えてよかったわ。あなたのことが気になっていたのよ」

友人の笑顔に心が和らぐ。小夜子は簡単に状況を説明した。

「秀樹さんに贈り物をしたかったの。でもお金が足りなくて……舶来品て、とても高価なのね」

芳子はしばらく黙って小夜子を見ていた。トキはすばやくその場から離れて二人の様子をうかがっている。

「小夜子さん、どうしてあのネクタイが欲しいの？」

ふいに尋ねられて小夜子は面食らう。

「どうしてって……とても素敵な生地だったの。あんなに綺麗な絹を見たことがない。きっと秀樹さんに似合うと思ったのよ」

思わず一気に語ってしまった。

「でも無理ね、そもそも秀樹さんに養われている立場で贈り物なんておかしいもの。豪華な部屋に泊まって自分もお金持ちになった気分になっていたのね」

すると急に芳子は小夜子の手を取った。

「ねえ、あのネクタイ、私に買わせてくれない？」

「ええ？」

驚いた。まさかそんなことを言われるなんて。

「もともと私も正夫さんのシャツを受け取りにここへ来たの。支払いはつけておくわ。家計は私に任せられているから」

「でも、そんな……」

いくらつけとはいえ、月末には払わなければならない。勘定を見たら正夫が気づくはずだ。

「安岡さんとお近づきになるために小夜子さんを通じて贈り物をしたと言っておくわ。あの人、これをきっかけに部長と顔見知りになりたいようだったから」

芳子が用品店に入ると、先ほどの若い店員が手もみをして近づいてきた。その隣にいる小夜子を見ると少しぎょっとした顔になる。

「頼んでおいたシャツを引き取りに来ました。あと、このネクタイを包んでください。支払いは一緒にしていただいてかまわないわ」

店員は困ったように笑う。

「佐々木様のお知り合いでしたか、それでしたら……」

黄色いネクタイは箱に入れられ、赤いリボンをかけられて手元に来た。

「芳子さん、本当にありがとう。なんとお礼を言ったらいいか……」

店を出てから小夜子は丁寧に礼を言った。芳子は三越で会った時より少し痩せたようだ。

「あなたが住んでいるところは知っているの。安岡部長からお手紙を貰ったので」

秀樹は約束通り、芳子に住所を教えておいてくれたらしい。

「そうなのね、あなたの住所も教えてちょうだい。あらためてネクタイのお礼状を送るわ」

すると芳子は首を横に振った。

「いいえ、今度あなたのお家へ行っていいかしら——話したいことがあるのよ。小夜子さんにしか話せないわ」

「……わかったわ。きっと、きっといらしてね」

少しやつれたような芳子の様子が気にかかるが、ここで長話はできない。

芳子と別れ、小夜子はトキとホテルのエントランスへ向った。待機しているタクシーに乗り込む。トキが住んでいるのは駒込なので、小夜子の屋敷に寄ってからそちらへ向かうことにした。

「ここ？　凄い家じゃん」

麻布の家に到着するとトキが目を丸くした。

「今度遊びに来てちょうだい。萩山さんと来ればいいわ」

トキは嬉しそうに笑って手を振ってくれた。

「小夜子様、お帰りなさいませ」

「ああ、疲れた。やっぱり靴は疲れるわ」

ホテルではスリッパで通したが、朝食や買い物でずっと高い靴を履いていた。すっかり足が疲れてしまった。

着慣れた小紋に着替え、少しだけ休むつもりで寝台に横になると、いつの間にかぐっすりと眠っていたのだ。

気がつくと、すでに外は暗かった。そしてすぐ側に——秀樹がいた。

「まあ！」

驚いて起きようとする小夜子を秀樹は手で制した。

「起きなくていい、夕食はこちらへ運ばせよう」

小夜子は恥ずかしかった。どれほど寝顔を見られていたのだろう。だらしない顔をしていなかっただろうか。

「起こしてくださればよかったのに……」

髪を整えながら小夜子はゆっくり起き上がった。長い昼寝のせいか、眩暈がする。

「昨夜は久しぶりに独り寝だった」

秀樹の手が自分の額を撫でる。そういえば最近毎夜ここで過ごしているのだ。

「おかげでトキさんとたくさんお話ができたわ」

キヱの持ってきてくれたおにぎりとみそ汁の簡単な夕食を食べながら、ホテルでの出来事を話した。

「ネクタイを買ったのか？　佐々木の妻から金を借りて？」

小夜子は衣裳部屋に隠しておいた細長い包みを持ってきて彼に渡す。

「あなたに贈り物よ。プレゼントっていうんでしょう」

秀樹は奇妙な顔をしていた。笑顔ではない、不思議に沈んだ表情だ。

「……怒ったの？」

彼は首を横に振る。

「驚いただけだ、お前が私に物を贈るなんて思わなかった」

「あなたに世話になっているのに、おかしいかしら。でもこれはどうしても欲しかったの」

店員に侮られたこともある。だが仏蘭西の美しい黄色のネクタイを見たとたん、それを身に着けた秀樹の姿が目に浮かんだ。

どうしても欲しくなったのだ。

秀樹が箱からネクタイを取り出した。夜の明かりの下でも絹の黄色は黄金のように輝いている。

「つけてみて」

顎の下に当てると、美しい秀樹の顔がさらに光り輝いて見えるようだ。

「似合うわ」

「そうか？　こんな派手なもの選んだことがない」

そう言いながら姿見で確認する時の顔はまんざらでもなさそうだ。

「とっても素敵よ」

彼の背後から肩に手を置いて覗き込む。その手を握られた。

「今度はお前のものを買いに行こう。あそこには宝石店もあっただろう」

トキは店先に飾られていた金剛石のネックレスを欲しがっていた。だが小夜子はなにも欲しくはない。

「いらないわ。私には似合わないし」

すると秀樹はネクタイを姿見にかけると小夜子を抱きしめる。

「お前は私に似合うものはわかるのに、自分はわからないのか？　お前にはなんでも似合う、金剛石でも紅玉でも、大きな翠玉でもいい」

わからなかった。自分が一番欲しいものは決まっている、それは……。

「私は、あなたが側にいてくれればいいのよ」

秀樹はそのまま小夜子をベッドに連れていく。

「欲しいものは、私か？　贅沢だな」

微笑むその顔はどんな宝石より美しい。

「トキさんは萩山さんが側にいてくれないから、代わりに首飾りを欲しがるのよ。寂しいからだわ。私は寂しさを宝石で埋めるのは嫌。どんな高いものでもあなたの代わりにはならないもの」

彼は小夜子の額を撫でると、優しくキスをする。

「お前は本当に男を夢中にさせるな」

小夜子は一瞬息を止めた。そして言葉をゆっくりと吐き出す。

「あなた、だからよ」

秀樹の顔から微笑みが消えた。

「あなた、だから無理をしてでもネクタイを買いたいし、あなただからなにもいらないの。大野のものになっていたら、きっと宝石でも着物でも買ってもらっていたわ」

彼の表情が読めない。怒っているのか、戸惑っているのか。

「昨夜、私を他の男に売るのが惜しいとおっしゃってくれた。私もよ。他の男なんて嫌、あなたでなければ。他の男に触られるのなど嫌よ」

とうとう秀樹は顔を逸らした。

「……借金は、どうするつもりだ」

苦しいところを突いてこられた。小夜子はしばらく黙る。

「……あなたが決めてください。あなたの言う通りにするわ」

あえて『あなた』を二回言った。それは、秀樹に自分の心を投げかける意思の表れだった。

(私はもう全部さらけ出してしまった)

金で買われた身なのに、買い主を愛してしまったのだ。

「私の心は決まっているわ。なにもかも、あなたに任せる。他の男に抱かれてこいと言われれば行きます」

小夜子の目から涙が溢れた。それを抑えようとは思わなかった。

全部知って欲しい、自分の気持ちを。

「感じろと言われれば感じるわ、あなたに抱かれている気持ちになるわ。だから決めて頂戴、私は誰に売られるの」

秀樹は顔を背けたまま、ずっと黙っていた。小夜子はその横顔をただひたすら見つめている。

「愛しているの」

次の瞬間、凄い勢いで秀樹は小夜子の体を寝台へと運んでいく。

「あ、待って」

彼の返事が聞きたかった。だが彼はまるで獣のように小夜子の帯を解いていく。

「やめて。あなたの気持ちを聞かせて頂戴」

抵抗する手を振り払われ、あっという間に素裸にされる。

「この体、他の男に触らせたくない」

上にのしかかられ、乳房を掴まれた。それが彼の気持ちなのか。

「嫌……」

もっと優しい言葉が欲しかった。だがそんな乱暴な仕草に胸の突起は反応してしまう。

「こんな感じやすい体、誰でも反応するんだろう」

「違う、違うわ」

「閉じ込めておかなくては、昨夜のように男が群がってしまう」

「どんな人が来ても、あなただけよ……」

ようやく彼の意図がわかってきた。乱暴な言葉は自分への愛情なのだ。

(どうしてこんなふうにひねくれているの)

素直に愛情を示してくれればいいのに、そうすれば自分はどれほど嬉しいだろう。

「愛しているの。けっして、他の男のものにはならないわ」

「きっとか、こんなふうにしゃぶられても平気でいられるか」

舌で突起を舐められる。熱く濡れた感触に小夜子は甘い声を出した。

「あ、あ、こんなにいいのは、あなただからだわ。他の人なんか嫌よ」

吸いつくように刺激されるとあっという間に体は燃え上がった。

「ああ、いいの、凄く、感じる……」

メルローズで男たちに囲まれても恐ろしさばかりで、嫌悪感しかなかった。秀樹に救われて心底ほっとしたのだ。

「渡したくない」

秀樹は小夜子の腹に舌を這わせながら呟いた。その声に切実さを感じる。

「お前を売って債権を回収しなければならない。だが、惜しいのだ、この美しい体を年寄りに渡したくない」

小夜子は夢中になって秀樹の胴体に足を絡める。

「誰にも渡さないで、あなたのものにして」

彼の唇が腿の付け根に到達する。熱を持った舌先が狭い中に入ってきた。

「あ、あ、いいっ、奥まで、来て……！」

彼の舌がずっぽりと蜜壺の中まで入ってしまっている。奥で舌先を動かされるとそれだけで小夜子は達してしまいそうだ。

「あ、いく、駄目よ、そんな、ところを、擦ったら……！」

きゅん、と収縮する感触があった。秀樹の舌を入れたまま達してしまったのだ。熱い蜜をそのまま吸われていると思うと恥ずかしい。

「いや、そんなに、舐めないで……」

自分の体と彼の唇が接しているところからくちゅくちゅと卑猥な音がする。そんな淫靡な行為にもさらに燃え上がってしまう。

「あああ、もう……！」

小夜子を充分に濡らしてから、秀樹は服を脱ぎ裸体になる。

「これほど濡らしていては、たまらないだろう」

秀樹の太いものがゆっくりと入ってきた。

「奥まで……きて……」

狭い肉を押し拡げながら彼が入ってくる。小夜子は自分の体でそれを受け止めた。

「大きいの……もっと、もっと……！」

自ら足を絡めて彼を奥へ引き込んだ。体内の、気持ちいいところに先端が当たる。

「あ、そこよ、そこ」

「ここが、いいのか」

秀樹は小夜子の腰をしっかりと摑んで深くえぐった。ぐりっと押されるごとに快楽が再び湧き上がる。

「いいっ、いいの、そこが、熱くなる……」

彼の呼吸も熱くなっていった。

「お前が、動いている、中が、濡れていて、溺れそうだ」

貫かれるたびに、自分の形が変わっていくようだ。秀樹の形に合わせて肉体が動く。ぴったりと密着して、離れなくなる。

「そんな、突いたら、壊れる……」

何度も感じるところを突かれて気が遠くなる。きゅっ、きゅっと何度も小さく収縮した。

「感じるか、またいきそうか」

「いきそう、いくの、いくっ……！」

彼のものを包みながら小夜子は再び達した。熱い蜜が剛棒に絡みつく。

「ああ、また、熱くなった、柔らかくほぐれる、絡んでくる……」

その声に切実さが混じる。彼も感じているのだ。

「もっと、抱きしめて、そのまま入れていて」

奥の奥まで疼いている。彼を肌でぴったりと感じていなければたまらない。

「お前を隅々まで味わいたい、もっと、もっと乱したい」

秀樹は自身を入れたまま覆いかぶさり、口づけをした。舌で口腔内を掻き回される、上も下も犯されている感触――。

「うう……」

彼の首に手を回して強く抱きしめる。胸が彼の体に密着して潰れた。

「柔らかい、真綿のような肌だ」

彼の手が胸を弄る。柔らかな塊が指に摑まれて歪む。

「全部、触って、私の全部を」

背中に秀樹の手が回る。肌と肌が密着して剝がれない。

「来る、来るわ、大きい……」

体内に埋まっている秀樹のものが、膨れ上がる。精が出る前兆だった、そんなこともう
小夜子はわかるようになっていた。

「いくぞ、私のものを、入れるぞ」

奥で彼のものが弾け、自分の蜜と融け合う。

「ああ……入っている」

それはただの精ではなかった、彼の熱が感じられる。

「愛しているわ」

秀樹は返事をしてくれない、代わりに自分を強く抱きしめる。

(もう、わかったわ)

彼は言葉で返さない、その代わりに態度で示してくれる。

自分はただ、気持ちを彼に伝えたいだけ。

「愛している」

汗に塗れた彼の顔を両手で包んで口づけをする。すると形のよい唇が答えるように吸いついてきた。

「好きよ、愛している」

二人は熱情が収まったあとも、長い間抱き合ったままだった。

六　懊悩

芳子がタクシーに乗って現れたのは残暑が少し和らいできた九月の午後だった。

「よく来てくれたわ。待っていたのよ」

小夜子は屋敷のサンルームに芳子を誘った。人妻らしい上品なお召しを身に着けた芳子は白い椅子に座って紅茶を口に含む。

「とても立派なお家なのね、びっくりしたわ」

そう言われて恥ずかしかった。

「うすうす感づいていると思うけど、秀樹さんとは正式なおつき合いじゃないのよ。お妾のようなもの。ご主人が言ったように、あなたとお友達でいられる人間じゃないの」

小夜子の話を聞いても芳子の表情は変わらなかった。

「主人も安岡さんも関係ないわ。私はあなたに会いたかった。それじゃいけない？」

小夜子は嬉しかった。この暮らしになってから昔の知り合いに会うのは初めてだからだ。家族とも連絡を取っていない。

「学生時代は楽しかったわ。なんの悩みもなくて」

秋の庭を眺めながら芳子がぽつんと言った。

「……芳子さんにも悩みがあるの？」

銀行員の妻として、何不自由ない暮らしをしているように見える。

「あなたも知っているでしょう。正夫さんには他に女性がいるの。子供もいるのよ」

なんと返事をしたらいいのかわからなかった。

「でも……あなたは正式な妻じゃない」

そんな言葉がなんの慰めにもならないと知っていたが、小夜子はそう言うしかなかった。

「正夫さんは、本当はその人と結婚するつもりだったのよ。でも家族に反対されて……私と婚約した時はもう赤ん坊が生まれていたの。最初から騙されていた」

もうなにも言えなかった。小夜子は黙って芳子の細い首筋を見つめている。

「私はなにも知らなかった。三越で安岡さんと話をしていた彼の様子がおかしかったわ。あなたたちと別れた後、家に戻ってから彼を問い詰めてようやくわかったわ。たまに外泊することがあったけど、仕事だと信じていた……」

怒りが胸に湧き起こる。芳子は友人たちの中でも真面目な人だった。真面目すぎてからかわれるほど真摯な人間なのに、彼女の夫がこれほど重大な裏切りをするなんて。

「……別れるの？」

厳しい道だが、離婚という方法もある。だが芳子は首を横に振った。

「できないわ。私の実家は正夫さんを気に入っているの。実は一度父と母に相談したのよ。でも我慢しろって、そんなもの、珍しいことじゃないって。どうしても離婚するというのなら、すぐに他の男と結婚させると言われたわ」

胸が冷たくなった。芳子には今誰も味方がいないのだ。

「酷い話ね……」

小夜子は芳子の手にそっと触れた。すると彼女がぎゅっと握り返す。

「小夜子さん、私を哀れと思う?」

「え?」

「哀れと思うなら、助けて欲しいの」

彼女の目に切迫した光が見える。

「なんなの? もしかして家出をするつもり?」

彼女が出奔するなら手助けしよう、小夜子は瞬時にそう考えた。

だが彼女の申し出は思いもよらぬものだった。

「あの、男女のことを、教えて欲しいの」

「……なにを言っているの?」

「私……あの時、痛くて、実は、まだ、なのよ」

芳子は正夫との初夜の時、あまりの痛さに悲鳴を上げた。すると夫は途中でやめて怒り出した。

『こんなに痛がるなんて、どこかおかしいのではないか』

「その後も何度か試したのだけれど、やっぱり痛いのよ。すると正夫さんはできなくなってしまって……最近ではさっぱりだわ」

小夜子は声も出なかった。あの真面目な芳子がこれほどあけすけな話をするなんて。

「正夫さんの子供ができれば私たちは上手くいくの。でもこのままでは向こうに取られてしまう。小夜子さん、教えて頂戴」

「なにを教えろというの？」

芳子は顔を真っ赤にした。

「男性を楽しませる方法よ。こんなふうに言いたくはないけれど、あなた、もう経験なさっているでしょう。私よりよく知っているはずよ」

小夜子は思わず口を押さえた。涙が溢れてくる。

「こんなことを言って、あなた私を軽蔑なさるでしょう。仕方ないわ。私には……もうこんな方法しか残されていない。頼る人があなたしかいないのよ」

小夜子は憎んだ。芳子をここまで追い込んだ正夫、彼女の両親、世間を。

「……ごめんなさい」

そして、小夜子も友人を助けることができない。自分はなにも知らなかった。ただ秀樹を愛しているだけだから。

「私だって男性のことをなにも知らないのよ。秀樹さんを愛しているだけ。もし芳子さんが苦痛なら、まだ二人の気持ちが通じていないのではないかしら。結婚して半年しか経っていないのだから当たり前よ。時間をかけてゆっくり夫婦になれば」

芳子は握っていた手を離すとさっと立ち上がる。

「もういいわ。あなたもそんな上っ面のことしか言ってくれないのね。私がこれほど恥を忍んで頼んでいるのに、冷たい人ね」

そっぽを向いた芳子の背中に小夜子は手を当てて優しく撫でた。

「上っ面で言っているわけではないのよ。奥さんのあなたが突然手練手管を使い出したら正夫さんだって驚くわ。落ち着いて、もう一度よく考えて頂戴」

それでも芳子の声は和らがなかった。

「正夫さんに言われたのよ、『お前の体がおかしいんじゃないか』って、こんなに痛むのはなにか欠陥があるんじゃないかって。お願い、小夜子さん、私の体を見てちょうだい。一生のお願いよ」

芳子は立ち上がって帯を解こうとする。小夜子は慌てて止めた。

「およしなさい！」

少し強く言ってしまった。芳子は自分を恨めしそうに見つめる。

「どうしたらいいの、なにをしたらいいのかわからない、いっそ自分で自分の体を突き刺したいわ。そうしたら正夫さんが入るようになるかしら」

芳子はその場にしゃがみ込んで泣き出した。子供のようにしゃくり上げる芳子の体を小夜子はぎゅっと抱きしめる。

(許せない)

芳子は初めてなのだから痛いのが当たり前だ。それを導いてやるのは男の役目ではないだろうか。もう子供がいるほど女に慣れているのなら、なおさら。

秀樹はそうだった。初めてで怯(おび)えている自分を優しく愛撫してゆっくり時間をかけてくれた。

(だから痛くなかったんだわ)

改めて秀樹の優しさを理解できた。言葉は厳しかったが、自分の体を気遣ってくれたのだ。

そして自分の妻なのに体を気遣わない、体がおかしいなどと言う正夫に対して怒りが湧く。

「私は正夫さんを恨むわ、あなたをこんなに追い詰めるなんて……あなたが妻であるだけで正夫さんは幸せなのに」

そう言うと芳子は思わず笑い出した。

「大げさね、私なんて」

小夜子は彼女の顔を両手でつかんで自分のほうへ向けた。

「なにを言っているのよ。こんなに美人で優しく、真面目な人はいないわ。あなたはなにもしなくていいのよ。落ち着いて、妻であるだけでいいわ」

芳子の顔が子供のように歪む。

「でも……離婚されたらどうしよう」

その頭をぎゅっと抱きしめた。

「その時はその時よ。あなたならすぐ好きになってくれる人が現れる。自信を持って」

芳子はしばらく小夜子の肩で泣いていた。そして、ようやく顔を上げた時は笑顔になっていた。

「……私、一人で考えておかしくなっていたみたい。酷いことを言ってしまったわ、許してくれる？」

泣いたあとの、子供のような顔を見ると小夜子も涙ぐんでしまった。

「本当にあなたは……真面目すぎてとんでもないことを言い出すのね。昔っからそうよ」

「やめてよ、あなただって一番地味な女の子だったのに、こんなお城みたいなところに住んでいるのよ」

二人はしばらく女学生時代に戻ったようにお喋りをした。

「まあ、あの方は婚約を破棄したのね」

「『インテリゲンチャじゃなきゃ嫌』と言っていたものね。でも本当にやめるなんて」

「今は女子大学に通いながら、文士の方と文通しているらしいわ」

紅茶を何杯も飲みながらお喋りが止まらない。久しぶりに小夜子は朗らかに笑った。

「……こんなふうに話せてよかった。私、小夜子さんのことを嫌いになりかけていたの」

胸が痛んだが、仕方がない。自分の身の上を考えれば会うのも躊躇うだろう。

「当たり前よ、妾のような立場ですもの。借金のかたに買われた女だわ」

すると芳子は奇妙な顔をした。

「もしかしたら、知らないの？」

「なにを」

芳子は自分の鞄から二つに折った雑誌を取り出した。

「安岡さんに、婚約者がいることをご存じじゃないの」

一気に血の気が引いた。想像はしていた、だが具体的に決まっているなんて知らない。

「……私は知らないわ」

芳子は雑誌のページを開いた。そこには有名な実業家の令嬢が写真つきで掲載されている。

『女子大学に通う野村佳苗（のむらかなえ）さん。英文学を専攻しています。帝国銀行御曹司の安岡秀樹さんと婚約中。結婚式は今流行り（はやり）の帝国ホテルがご希望とか』

秀樹の名前がはっきり記されていた。間違いようもない。

「正夫さんが教えてくれたの。『俺のことをあざ笑ったが、彼だって婚約者がいるのに女を金で囲っているじゃないか』と」

目の前が昏くなった。彼は婚約者の存在などおくびに出したこともない。

「……ありがとう、教えてくれて」

気落ちする小夜子の背中を芳子がそっと撫でた。

「私、あなたがもう知っているものと思っていたの。婚約者のいる人と平気でつき合って、あわよくば子供を作ってしまおうと企(たくら)んでいるのではないかと」

「そんな！」

反論したかった。だが、芳子の言う通りだ。自分のしていることは秀樹の婚約者である佳苗に対する裏切りだった。もし知ったら、どれほど傷つくだろう。

「でもあなたはなにも知らなかったのね。秀樹さんに騙されているんだわ。こんなこと言いたくないけど、酷い方。せめてあなたには話すべきなのに」

芳子の言葉は正しい。だが小夜子はどうしても逆らいたくなる。

「違うわ。私はもともと借金のかたに買われたのだもの。はなから結婚など望んでいないわ。だから秀樹さんも婚約者のことを言わなかったのよ」

必死にかばう小夜子の顔を芳子はじっと見ていた。

「可哀そうな小夜子さん……こんな優しい人を騙すなんて、私は安岡さんを恨むわ。あなたの代わりに恨んであげる」

小夜子は耐えきれず芳子の体に抱きついて泣いた。

悲しい、本心では悲しいのだ。

「ごめんなさい、言わないほうがよかったかしら。でも、あなたがずるい人と思いたくなかったの」

「いいのよ……知ってよかったわ」

わかっていたことではないか、彼はいつか誰かと結婚する。家柄も人柄も申し分ない女性と。

自分のような女はずっと側にはいられないのだ。

わかっていたが見て見ぬふりをしていた。崖の側にいるのに、目を瞑ってまだ距離があると思いながら歩いていたのだ。

だが、もうぎりぎりのところに来ている。あと一歩踏み出せば、崖の下に落ちる。

このまま彼に抱かれ続けていればきっと子供ができるだろう。その子は自分一人で育てるのか、あるいは秀樹の家に引き取られるのか、どちらにしろ誰かを悲しませることになる。

「……言いにくいことだけど、話すわね」

芳子の夫、正夫が銀行で小夜子のことを言いふらしているのだ。

「なんですって」

「まだ限られた人しか知らないわ。でも、こういう話は皆好きだからきっとすぐ広まってしまう。そうなったらあなたが悪者にされてしまうわ」

正夫をさらに恨みたくなったが、彼の気持ちもわかる。自分の不始末を指摘した上司が女を囲っていたら、やり返したくもなるだろう。

「……ありがとう、教えてくれて」

小夜子は力が抜けて椅子に座り込んだ。その前に芳子がしゃがんで手を握る。

「今日は話を聞いてくれてありがとう。嬉しかったわ。また来ていいかしら」

「ええ、もちろんよ……いつまでここにいるか、わからないけど」

芳子が立ち去ったあとも小夜子はぼんやりとサンルームに座り込んでいた。色々なことがありすぎて頭が混乱している。

(あの人はいつか他の人と結婚する)

頭の片隅でわかっていた。でも見て見ぬふりをしていたのだ。

(もう相手も決まっている)

雑誌に載っていた婚約者は美しいワンピースを着ていた。髪も今どきのパーマネントだった。

(全部自分のものなのね)

服も髪も、女子大学に通っていることも小夜子が手に入れられなかったものだった。

そして秀樹も彼女のものなのだ。

る。

（私はなにも持っていない）

秀樹は自分を愛していると思っていた。言葉にしてくれなくても愛情を持って抱いてくれ

だが、これは本物なのだろうか。

このまま彼の子を身籠って、妾として生きていく。

それは幸せなのだろうか。

（違う）

自分はきっと彼の妻を気にしてしまう。彼の妻となる佳苗も平静ではいられないだろう。

（秀樹のために堪えるべきなのだろうか）

自分は彼を愛している。彼と別れて他の男のものになるなど考えられない。

（でも、つらい）

芳子が夫との行為に痛みを覚えるように、自分は秀樹が他の女性と結婚したらつらい。

（この気持ちをどうしたらいいのだろう）

考えるだけ考え尽くした。それでも結論は出ない。

ただ、秀樹を愛していることだけが確かだった。

その夜屋敷を訪れた秀樹に、小夜子はやはり婚約者のことを口にできなかった。夜遅かったしまだ木曜日だったのでこの夜は小夜子を抱かずにただ一緒の寝台に入る。

「明日も夜遅くなる、先に寝ているといい」

「はい……」

いつもならすぐ眠ってしまう小夜子が今夜はなかなか寝つけない。

(言わなければ)

婚約者のことを。

(本当に結婚するのならお別れしなければ)

昼間はそう決意していたのに、こうしていると決意が揺らぐ。

(このまま子供ができたら)

少なくとも秀樹との間に切っても切れない絆はできる。

(でも、駄目よ)

夫に隠し子がいることで芳子はあれほど苦しんでいる。それと同じことをするわけにはいかない。

(秀樹さん、いったいどう考えているの)

なにも言ってくれない彼の胸で小夜子は息を潜め、寝たふりをしていた。

「土曜の午後は買い物に出かけるか。欲しいものを考えておけ」

金曜の朝、そんなことを言って秀樹は出社した。

(いらないわ)

それどころではなかった。もういい加減婚約者の話をはっきりさせなければならなかった。

それに小夜子には欲しいものはなかった。服も着物も充分すぎるほどある。

だが、今日帰ってきた秀樹にいきなり本題を切り出すのも気が引ける。もしかしたら最後の日になるかもしれないのだ。

(なにか、思い出に残るものを買ってもらおうか)

「キヱさん、なにをねだったらいいのかしら」

困り果てて後片づけをしているキヱに頼ってしまった。

「なんでもよろしいのですよ。殿方は女性に我儘を言われるのが意外とお好きですからね」

「我儘なんて、一番難しいわ」

「宝石などいかがでしょう。出入りの宝石商を呼んで、石から選ぶのも楽しいものですよ」

そんな買い方があるなんて知らなかった。

「……でも今、ものはなにも欲しくないの」

「では、なにが欲しいのですか」

欲しいものは決まっている。彼との時間だ。婚約者のこと、これからのこと、じっくり話し合いたい。

(いつかお別れなのだから)

彼は他の人と結婚するのだから。

この短い蜜月を大事にしたかった。

「……買っていただいたものは小夜子様の財産になるのですから、できるだけ高価で小さなものを貰ったほうがいいのですよ。いつでも換金できますから」

そういう考え方もあるのか。不安定な妾という身分の女性が身を守るための方策なのかもしれない。

「ありがとう。でも、本当に欲しいものが思い浮かばないのよ。着物でも買ってもらおうかしら」

すると、しばらく考え込んでいたキヱはぱっと顔を上げた。

「では、こんな趣向はどうでしょう」

土曜の午後、約束通り秀樹が現れた。手にはいつも持っている書類鞄がある。

「ん？　キヱはどうした」

キエの休みは日曜だけのはずだった。いつもは小夜子の前にいて鞄などを受け取る。だが今彼女は側にいない。小夜子は微笑んで秀樹に近づいた。

「今日は鞄を自分で部屋に運んでください」

「なにを企んでいる？」

秀樹は少し楽しそうだった。

「おねだりすることを決めたの。買い物じゃなくて今日と明日、私たちだけで過ごしたいわ。冷蔵庫にはお肉が入っているからあなたがお料理してください」

氷を入れた冷蔵庫にはあらかじめ肉屋から取り寄せた牛肉が入っている。

「私が料理？」

「キヱさんが、秀樹さんは留学時代にお料理を覚えたと言っていたわ。特にお肉を焼くのがとても上手いって」

彼は呆れたように笑っていたが、機嫌を損ねたようには見えなかった。

冷蔵庫の中には経木に包まれた牛肉の塊がある。小夜子はそれほど大きな肉を扱ったことがなかった。

「どうやって焼くんですか？」

秀樹は苦笑すると、上着を脱ぎ白いシャツ姿になった。腕まくりをすると逞しい腕が露わになる。

「まず、フライパンを温める」

この家にはすでにガスが通っていた。秀樹が五徳にマッチの火を近づけると魔法のように青い炎がつく。その上に彼が黒いフライパンを置いた。

「肉を焼くのは肉の脂を使う」

経木の中に骰子（さいころ）のような四角い塊がある。それをフライパンの上に落とすと獣臭い煙が上がる。

白い脂が氷のように溶けていった。

「塩と胡椒（こしょう）を振って、肉を焼くんだ」

脂を敷いたフライパンの中に肉が入れられる。少し置いたところで秀樹はフォークを使い、肉を返した。表面が茶色に変わっている。

「表面が焼けたらもう火は止める。焼きすぎると肉は固くなる。西洋人は血の滲んでいる肉を食うのだ」

「なんだか怖いわ」

秀樹は再び冷蔵庫を開ける。中には赤いトマトが入っていた。秀樹はそれを俎板（まないた）の上でくし形に切る。ご飯はキヌがおにぎりを作っておいてくれた。

「テーブルセッティングをするぞ。お前も手伝ってくれ」

普段食事をする食堂ではなく、大きなダイニングのテーブルにクロスを敷き、重いカトラリーを並べる。

「お前はそこに座っていろ。私がサーブするから」

小夜子が椅子に座っていると、秀樹が皿を二枚持って前に置いてくれる。

「パンのほうがよかったが、まあいいか」

キヱの作ったおにぎりを並べ、ランチが始まった。

秀樹の焼いた牛肉はナイフで切ると内側が赤い。

「食べても大丈夫なの？」

血が滴っているように思えて薄気味悪かった。すると秀樹が隣に座って肉をさらに小さく切ってくれる。

「食べてみろ、滋養がつくから」

彼の差し出すフォークの先についた牛肉を恐る恐る口に含む。今まで食べた肉より分厚いのでなかなか嚙み切れなかったが、だんだん味がわかってきた。塩と脂と、肉の旨味が口の中に広がる。

「美味しいわ」

「そうだろう。西洋人は毎日こんな食事をしているからあれほど大きいのだ。日本人ももっと肉を食わなければならない」

これほど大きな肉を毎日食べられるとは思えないが、確かに力はつきそうだった。彼が切ったトマトの形も美しい。

秀樹は自分の席に戻らず、ずっと小夜子の肉を切って食べさせた。まるで子供扱いで笑いたくなる。

「もう大丈夫よ、自分で食べられます」

だが秀樹は席を立とうとしない。

「お前に食べさせるのが楽しいのだ。小さな口がもぐもぐと動いているのが可愛らしい」

そんなことを言われると恥ずかしくなってしまう。小夜子はナプキンで口を隠した。

「見ないでください」

「見せろ、唇が脂で濡れてエロティックだ」

秀樹はナプキンを取り上げると小夜子の唇にキスをする。

「そんなことをしたら、食べられないわ」

「あとにしろ、私はお前を食べたくなった」

椅子からふわりと持ち上げられ、寝室へ運ばれる。まだ日は高かった。

「明るいわ……」

寝台に置かれると小夜子は恥じらった。夜は明かりもほのかなのに、今は日光が隅々を照らしている。

秀樹は窓にレースのカーテンを引いただけだった。

「明るいところでお前の体を見たい」

ワンピースを脱がされるとその下はシュミーズだった。美しいレースの下で白く豊かな胸が揺れている。

「美しい」

小夜子も自分の胸を見下ろした。日光に照らされてレースの影が肌に落ちていた。

(駄目)

このままではなし崩しに抱かれてしまう。

「待って」

シュミーズ姿のまま小夜子は秀樹から離れた。

「なんだ?」

微笑みながらこちらに近づいてくる、この時間が永遠に続けばいいのに。

「私、知っているの」

泣かないで言わなければ、でも涙が溢れそう。

「なにを言っているのだ」

「あなたに婚約者がいることを」

彼の表情が強張った。

「雑誌を見たの。野村佳苗さんとおっしゃるのでしょう。もうホテルでの結婚式も決まっていると」

「よさないか」

秀樹は小夜子を引き寄せようとする。その手から逃れた。

「私を妾にするつもりなんですか」

窓際に逃げる。手にレースのカーテンが触れた。

「このまま抱かれていたらそのうち子供ができるわ。その子はどうなるの。庶子として生きていくのですか」

秀樹は黙り込んだ。しばらくして、絞り出すように言う。

「……もし子供ができたとして、ここで育てるのは嫌か」

やはりそう考えていたのか。小夜子は震える声を抑えながら言った。

「確かに実家では結婚話が出ている。私一人の力では覆すのは無理だ。だが私はお前を手放すつもりはない。子供ができたら認知するし、ここで育てればいい」

「私は嫌！」

なぜそんなことが言えるのだろう。父親のいない子供がどれほど肩身の狭い思いをすることだろう。

「自分の子供に日陰の道を歩かせるのですか。それでもいいの」

「いい」

「なぜ」

「私も庶子だったからだ」

頭をがつんと殴られたような衝撃だった。まさか、秀樹が？

「そんな、あなたは安岡の御曹司でしょ……」

安岡の妻は貞子(さだこ)といって華族の出だった。彼はその一人息子なのではないか。

「表向きはそうだ。だが本当は違う。私は十歳までこの屋敷で育ったんだ」

秀樹は寝台に近づいた。壁にある十字架の痕を見つめる。

「私の母は、この屋敷に囲われていた女だった。維新の時士族の娘と英吉利の商人との間に生まれた不義の子だった」

「えっ」

思いもよらぬ言葉だった。だが、それなら秀樹の日本人離れした顔立ちの説明もつく。

「あなたのお母さまは、お父様と恋に落ちたの？」

その時振り返った秀樹の顔は皮肉な笑みを浮かべていた。

「いいや、私の母はこの屋敷の調度品だ。洋行帰りで西洋風の屋敷を建築した父が、最後の仕上げに加えたのが私の母だ」

秀樹の母もまた不義の子だった。彼女の父親は英国へ帰り、子供時代は不遇だった。十六歳で家を出て、その美貌を買われカフェの女給をしていた。そして秀樹の父の目に留まったのだ。

「英吉利留学で西洋の文化に魅了された父は、倫敦の家を完璧に日本で再現した。設計を西洋人に依頼し、建築材も家具も輸入した。そこに最後の仕上げとして選ばれたのが母だ。髪は薄茶で肌も白かった」

まるで仏蘭西人形のように買われた女、それが秀樹の母だったのか。

小夜子は以前、キヱから聞いたこの家の女主人の話を思い出した。

『お美しい方でした。少しお生まれが複雑で、ご苦労をされた女性なのです。ここに来てようやく居場所を見つけられたと言っておられました』

彼女が秀樹の母だったのか。

「父は母にすべてを与えた。貧しく教育のなかった彼女のために服や宝石を買い与え、家庭教師をつけた。やがて母は子供を産んだ。それが私だ」

小夜子は秀樹の顔をじっと見る。高い鼻梁や彫りの深い眉間は西洋の血の影響だろうか。

「私は十歳までここで育った。父である安岡はたまにしか訪れなかったが私は幸せだった。母は優しかったしキヱもいたから」

はっとした。キヱはその頃からいたのか。

「十歳から、どうしたの？」

彼はしばらく黙っている。しばらくの沈黙後、ようやく薄い唇が開いた。

「突然私は安岡の家に引き取られることになった。父の本妻である今の母が流産し、子供を望めないことがわかったからだ。正式に養子縁組をして私は安岡の跡取りになった」

小夜子はだんだん怖くなってきた。では秀樹の産みの母はどこへいったのだろう。寝台の上にかけられた十字架は外されている。

「私は安岡家に引き取られたあともしばらくは両方の家を行き来していた。だが父は足が遠のいていた。夜はほぼ安岡の家にいるようになった。一人になった母は寂しそうだった」

「なぜ」

秀樹の顔が歪んだ。

「飽きた、それだけだ」

「飽きた……」

「そうだ、この洋館にも、わざわざ料理人を招いて作らせる西洋料理にも飽きたのだ。安岡の家では着物に着替え、日本料理を食べていた。『日本人には米の飯が一番だ』とよく言っていた」

「では、あなたのお母さんはどうなったの」

秀樹はゆっくり歩いて天井を見つめた。

「父は用のなくなった母を部下の男に与えることにした。私は父が——あの男が母親にそれを伝えるところに同席していた。母は泣いて嫌がっていた。安岡の家で女中としてでもいいから側に置いてくれと言った。だがそれは許されなかった」

心臓が痛い。悲劇の告白が近づいている、そんな予感がした。

「その晩、私は最後の夜を母と過ごした。十一歳になっていて、母と離れている時間が長かった私は母に上手く甘えられなかった……翌朝、私はここを出発し、それが母との別れになった。その日の夕方、母は川に入って死んだ。キリスト教信者で自殺はできないはずだったのに」

小夜子は声もなかった。この屋敷にそんな悲しい思い出がこびりついていたなんて。

「母の死を私はまだ納得できていない。なぜ死んだのか、私を置いて――もう私すら心残りにはならなかったのか」

小夜子はなにも言えなかった。重すぎる彼の告白――。

「私はここを、もう一度家庭にしたい。お前は私の子を産んで、育ててくれ。絶対に捨てたりはしない。一生ここで暮らすことができる」

はっと顔を上げた。秀樹がすぐ側にいて肩を摑んでいる。

「確かに私は野村佳苗と結婚する。それは私の義務なのだ。銀行と野村商会の繋がりを深めるためだ。彼女と結婚すればお前のことは多めに見てもらえる」

小夜子は混乱した目でじっと彼を見つめた。

「佳苗さんはなんとおっしゃっているの？」

秀樹の口が止まる。

「あなたの婚約者は私のことを知っているの?」

彼はすぐに答えなかった。それが答えだ。

「――噂は伝わっているだろう。だが彼女はなにも言ってこない。それが彼女の答えだ」

小夜子は強い力で彼の手を振り払った。

「そんなの、ずるいわ!」

佳苗が知らないにしろ知っているにしろ、結婚前に説明すべきではないだろうか。

「私のことを知ったらきっと悲しむでしょう。すでに知っているとしたら不安に包まれているでしょう。それでもいいのですか」

秀樹は再びこちらへ近づいてくる。小夜子は部屋の隅へ逃げた。

「佳苗のことはお前に関係ない」

「いいえ、あります。誰かが泣いているのに平気ではいられない」

芳子の顔が浮かんだ。隠し子がいることを隠され、傷ついていた。今、野村佳苗を傷つけているのは自分たちだ。

「あなたの家庭はどちらになるの。ここ? それとも佳苗さんとの家? どちらかが偽物になる、そんな境遇は嫌よ」

「黙れ」

彼の目つきが鋭くなった。素早い動きで腕を摑まれる。

「お前の立場を忘れたのか。債権として私はお前を手に入れた。お前が嫌でも私は手放さない。嫌なら他の男に売るぞ」

小夜子は彼の美しい顔をじっと見つめた。

「売ればいいわ」

秀樹の言葉が詰まった。

「……本気で言っているのか」

「あなたこそ本気で『私を売る』と言っているの」

自分にこんな勇気があるなんて知らなかった。

「あなたは私を愛しているはず。私が他の男に抱かれたら傷つくのはあなたよ」

彼の顔に焦りが見える。図星を突かれたのだ。

「私だって秀樹さんを愛しているのよ。だから嫌なの、他の女性と共有するなんて……」

次の瞬間、凄い勢いで寝台に突き飛ばされた。

「きゃ」

小夜子が頭を振って体を起こすより前に秀樹がのしかかってきた。その手には縄が握られている。

小夜子はシュミーズ一枚の姿だ。その上から体にかける。胸の上下に縄をかけられ、乳房が前に飛び出る。

「なにをするの」

「お前が私から離れられると思っているのか」

彼の声は酷く冷たかった。

「もうこの体は私から離れられないようにしてある。何度達した？　この快楽なしで生きられるのか」

「ああ……！」

彼は後ろで縄を縛ると、片方の端を天井に投げた。

「見ろ、あれに気づかなかったのか？」

寝台の真上には大きな鉤(かぎ)が飛び出ていた。寝ている時に見えていたのだが、なにに使うものかわからなかった。

「こうして、縄をかけると」

「あ、嫌……！」

天井の鉤にかけた縄を秀樹が引っ張ると、小夜子の体は上へ持ち上げられる。膝が寝台につくぎりぎりのところまで引っ張られた。縛られた上半身は床と並行になり、乳房は重さで胴から垂れ下がる。

「縛られたお前は美しい」

葡萄のように揺れている胸を秀樹の手が嬲った。薄いシュミーズの下ですでに乳首は尖っていた。

「嫌、下ろしてください」

こんなふうにされるのはもう終わりだと思っていたのに——小夜子は縛られた体をよじった。

「嫌なのか？　痛みはないはずだが」

縄の感触は均等に体にかかり、体重がかかっても痛くはなかった。だが心はそうではない。

「こんな恰好は、嫌です……」

すると彼の手が後ろからズロースを下ろす。

「ああ……！」

尻のほうから指を滑らせられると、そこはすでにしっとりと潤んでいた。

「もう感じているじゃないか」

「お願い、もっと、普通に……」

この間は普通の恋人同士のように抱いてくれた。もうこんなことはしないと思っていたのに。

秀樹は足の間と乳房を同時にまさぐりながら耳元で囁く。

「普通？　私たちの関係は普通ではない」

血の気が引いた。考えないようにしていた事実を目の前に突きつけられる。

「一緒に買い物に行っても、一緒に食事をしても私たちは恋人同士ではないし、将来結婚もしない。普通など望むな。お前はもっと上に行く女なのだから」

涙が浮かんできた。自分が彼と普通の日常を送りたいと思っていることを見抜かれていたのだ。だから宝石より肉を選び、彼に料理してもらった。

(そんなものなど、意味はなかった)

やっと男女の仲になり、裸で抱き合った。夜は自分の側で過ごすようになった。

だから彼が自分を愛していると勘違いしてしまった。

そうではない。

あくまで自分は彼の所有物。

男の欲望をそそるだけの人形なのだ。

「あっ、あ……」

その証拠に、こんな状況でも秀樹に触れられると体は反応してしまう。

「これはもう古い真珠だ。輝きが失せているが、お前の中に入れれば蘇るかもな」

秀樹はチェストから長い真珠の首飾りを取り出してきた。それを口に咥えると、後ろから小夜子の体内に埋め込んでいく。

「やうっ……」

小さな粒が、長い舌で押し込まれていく。まだ開ききっていない淫肉は闖入してきた真珠を包み、引き込んでいく。

「いったん引き抜くぞ。中の感触を覚えろ」

一寸ほど入った真珠の首飾りをずるっと抜かれた。中の肉を甘く擦られて小夜子は悲鳴を上げる。

「やんっ」

狭い中から引き抜かれて全身がぶるっと震えた。秀樹は体内から出てきた首飾りを観察する。

「まだ濡れ方が足りないようだ」

彼は後ろから果肉を開くと、大きな舌で覆う。熱い唾液がぬるりと入ってくる。

「やああ……」

奥までくちゅくちゅとほぐされる。彼の舌がずるりと入ってきて何度も出入りした。粘膜と粘膜が擦れて気が遠くなりそうだ。

「あ、あ、ああ、駄目……！」

こんな恰好で感じたくないのに、足の間は勝手に熱を持ってじくじくと疼く。もっと刺激を求めて蠢いているのがわかる。

「ひくついてきたな、桃色の肉が動いている。欲しくなってきたか」

まるで獣のように縛られ、吊るされている、こんな状況で淫靡な肉だけが熱く、彼を求めていた。

「違います、こんな」

「もう一度入れてやろう」

秀樹は再び真珠の首飾りを咥えた。舌の上に乗せ、そのまま小夜子の奥深く突き刺す。

「ひああ！」

ごろごろとした感触が中の肉をえぐる。舌で差し込んだあと、彼は指を使ってさらに奥へと進める。

「どうだ、奥まで感じるだろう」

長く入れられた真珠の首飾りをゆっくりと引き抜かれる。丸い粒が奥のひだや入口の狭いところを通るたびに小夜子の体が震える。

「や、ああ……！」

「見ろ、お前の蜜でこんなに輝いた」

秀樹が首飾りを目の前に持ってくる。粒と粒の間に自分の愛汁がたっぷり絡まっている。

「これほど濡らしているのに、私と別れるだと？　ふざけるな、そんなことできるはずがない」

秀樹はようやく服を脱ぐ。

「こんな淫らで美しい女を野に放つことなどできない。男たちが群がってあっという間にぼろぼろにされてしまうだろう。これほど美しく仕上げた私の作品がゴミになってしまう。そんなことはさせない」

彼の感触を後ろに感じる。小夜子は身震いした。

「やめて、もう……」

これ以上秀樹のものを植えつけられたくない。もし子供ができたら、本当に彼から離れられなくなる。

「私の子を産め」

彼の指が尻の上にかかる。

「私の子供を作ればお前の身の上は安泰だ。他の女を娶ってもお前はここにいることができる」

たっぷりと蜜を湛えた中に秀樹が入ってきた。火照った場所がぐうっと押し拡げられる。

「ひゃう……」

その太い感触は、小夜子の中にどうしても甘い快楽を引き出してしまう。

「私の種を植えつける。孕むまで何度でも抱く」

「やめて」

彼の婚約者を悲しませたくない。芳子のような女性を作りたくない。

だが彼の肉棒に狭い中を擦られると、勝手に肉がひくついてしまう。

「お前の中が動いている、私を欲しがっている……本当はお前も私の子が欲しいのだろう」

(そうなのだろうか)

彼の子供が欲しい、それが自分の本音なのだろうか。

(秀樹さんの子供)

きっと可愛いだろう。もし生まれたら自分は死ぬほど可愛がるだろう。

(欲しい)

彼の子供が、彼の愛が。

もし婚約者より先に妊娠したら、彼の愛はこちらにあるということになるのだろうか。

(駄目!)

自分の中にあるほの暗い欲望に気づいて小夜子は戦慄した。

自分は秀樹を奪いたいと思っている。

そのために子供を利用しようとしている。

こんな状況で産まれる子供が幸せだろうか。

「嫌、離して……!」

小夜子は縛られたままもがいた。その腰を秀樹の手ががっしりと押さえる。

「逃げられると思うな。お前は私のものだ——どんな手を使っても逃がさない」

縛られ、吊るされたままゆっくりと腰を使われる。自分の中が熱く煮えていくのがわかる。

「あ、あ、ああ……」

意思とは裏腹に蜜壺が収縮していく、彼のものを求めている。

「よく締まっている、欲しいだろう、私の精が」

彼の動きが早くなった、もうすぐ熱いものが中に放たれる。

「駄目、駄目よ……」

彼から逃れたい、だが自分の中は彼を掴んで離さない。

(これが私の体なの)

悪いこととわかっているのに、彼を求めてしまう。

本音では彼の子供を欲しがってしまう。

(なんて浅ましい)

肉欲に溺れ、理性をなくしてしまっている、まるで獣だった。

「あ、来る、あ……」

中で彼のものが膨れ上がる、絶頂が近づいている。

「あっ」

体の奥深くで破裂する感触があった。また、中に入れられてしまった——小夜子は苦く絶望した。

今夜はそれで終わりではなかった。寝台に下ろされ、再び挿入される。

「あうう……」

彼のもので満たされている肉壺がぐちゅっと卑猥な音を立てた。

「ふたをしてやろう、ちゃんと私の子供が根づくように」

「いや……」

こんな状況で身籠りたくない、ここに縛りつけられてしまう。

逃れたい、だががっしりとした体に搦めとられている。

秀樹は繋がったまま小夜子を抱きすくめ、口づけをした。

「絶対に手放さない、私のものにしてみせる」

(それは、愛なの？)

不幸な母親の代わりに自分を所有したいだけではないだろうか。

本当に自分のことを愛しているのだろうか。

混乱の中、ただ体を揺さぶられる。秀樹のものが奥深く貫く。

ずん、ずんっと最奥を突かれ、体内の感じる場所がだんだん固くなってきた。

「あ、ああ」

葛藤しているのに体は燃え上がってしまう。

「感じているな、ここが、いいだろう」

秀樹は小夜子の胴を強く摑んでさらに腰を使い始めた。

「どうだ、ここを突かれるとたまらないのだろう、もう一度いくか？」

「ゆ、ゆるして」

葛藤を抱えたままいかされたくない、自分の意思はどこにあるのだろう。

「こんなの、嫌よ……」

小夜子のささやかな抵抗は快楽の波に押し流されていく。体内の塊が熱く燃え滾る。

「そこ、駄目ぇ……」

彼の先端で体の奥底をぐりっと擦られる。そのたびに震えるような快楽が溜まっていく。

ずん、ずんと貫かれるごとになにも考えられなくなる。

「あっ、あ、ああ……」

頭が真っ白になる、葛藤すら薄くなっていった。

(もう、このままでいいのだろうか)

彼に抱かれたまま流されてしまおうか。彼の子供を産み、この屋敷で育てていく。

そういう生き方もある、そんな女性は大勢いる。

大きな川に流されるように、小夜子の意思はくじけそうになった。

「ああ……」

自分から彼の体に抱きつく、そうするとさらに体内に深く彼のものが埋まるのだ。

「いいだろう、なにも考えず、私のものになれ――そうすればもっと楽しめるだろう」

流されたい、彼のものになりきってしまいたい。

だが、胸の奥に小さな棘が残っている。

(駄目)

芳子は泣いていた、自分の夫が隠し子を持っていたことで。

恥をかいてでも夫を受け入れようとしていた。

自分が誰かを傷つけるほうに回っていいのだろうか。

(駄目よ)

最後の最後、自分の思いは捨てられなかった。

「ううっ」

小夜子が快楽に没頭しないことを見た秀樹はさらに攻め手を強める。

「まだ降参しないのか、強情な女だ」

奥を貫きながら乳首を摘まみ、唇に咥えて吸い上げる。

「ひゃうっ」

上下から刺激をされて、もう限界だった。狭い壺がきゅうっと収縮して彼のものを包む。

「ああ、いい、お前が感じている、私を求めている」

「あ、そんな、激しい……!」

狭くなった場所をさらに擦られ、とうとう小夜子は燃え盛った。激しく痙攣(けいれん)し彼を包む。

「やあぁ……」

じわりと熱くなった、その中でさらに激しく秀樹が動き、また達してしまう。

「こんな早く二度目を……中がよすぎる……お前もよかっただろう」

(こんな……)

彼のもので満たされた中は熱く疼いていた。このまま彼の子供ができてしまうのだろうか。

(許してください)

会ったこともない婚約者に心の中で詫びる。

「安心しろ、お前に苦労はさせない。ただ私に守られていればいいのだ」

(本当にそれでいいのだろうか)

秀樹は結局日曜もずっと小夜子を抱いたままだった。薄物を着ただけで一日中寝室で過ごし、食事も寝台の上で取る。

何度達しただろう、何度彼のものを中に注がれただろう。

「私の子を作れ、ここで育てるんだ。西洋風の教育を施して、世界に通用できる人間にする。お前はただ子供を慈しめばいい」

秀樹の言葉はまるで確立した未来を語るようだった。小夜子はその夢想に身を任せたくなる。

(だって、彼には逆らえない)

自分は秀樹に買われた女なのだ。自分の意思は考慮されない。

たとえ倫理に反する立場に置かれても、自分ではどうすることもできない。

(なるようにしかならないのだわ)

「綺麗だ……私に抱かれている時のお前は美しい」

昼間から裸で絡み合い、葡萄酒を口移しで分け合う。酔いが体内に回り、意思が融けていく。

「ああ……愛しているわ」

とろりと胸にもたれかかる小夜子の頭を秀樹は強く抱きしめた。

「決して不幸にさせない、他の男にやるものか……お前は一生私のものだ」

もうなにも考えられない、体も心も疲れていた。小夜子はただ、抱かれるためだけに呼吸をしていた——。

嵐のような週末が去った。秀樹は日曜の夜遅く、安岡の家へ戻っていった。
そして——それ以来、ぱったりと訪れなくなったのだ。

七　離別

（ああ）

もう幾晩も一人で過ごしている。秋の夜空を見上げ、小夜子は静かにため息をついた。悲しみと、そして諦め、少しの安堵があった。

（やっぱり無理だったのだ）

野村佳苗という婚約者がいるのに、秀樹が自分を選べるはずがない。

豪奢な屋敷で静かに暮らしているうちに、小夜子には月のものが現れた。あれほどの激しい行為でも身籠らなかったことが、二人の関係に対する神の答えのような気がした。

小夜子の体調はキヱだけが悟ることができる。月のものがあった日の夜、彼女が夜どこかへ電話をかけていた。

（子供ができなかったことを誰かに連絡したのだろうか）

その答えはすぐわかった。三日後、屋敷を訪れる車があった。

「秀樹さん？」

その黒い車は、しかし彼のものではなかった。後部座席から現れたのはぬめるような光沢を放つ高価な訪問着に身を包んだ老婦人だった。

（あっ）

会ったことがなくてもすぐにわかった。彼女は秀樹の戸籍上の母親、安岡貞子に違いない。

彼女はやはり年嵩の男を一人従え、屋敷の玄関に歩み寄った。キヱが慌てて内側から扉を開ける。

「奥様、いらっしゃいませ」

彼女は表情を動かさずに答えた。

「キヱ、この屋敷では草履を脱ぐのだったかしら、それとも脱がないの？　久しぶりだから忘れてしまったわ」

キヱは慌てて彼女の前にスリッパを並べる。

「こちらにお履き替えください。室内用の靴でございます」

彼女はちらりとスリッパを見て真っ白い足袋をその中に差し込む。

「やれ煩わしいこと」

キヱの後ろで小夜子は彼女が近づいてくるのを俯いて待っていた。目の前でスリッパの足が止まる。

「初めまして、秀樹の母、安岡貞子です」

「……初めてお目にかかります、甲野小夜子と申します。秀樹さんには大変お世話になっております」

そう言うと彼女は薄く笑った。

「細かい説明はいいわ。だいたい知っております。早く本題に入りましょう」

二人はサンルームに入った。貞子についてきた老年の男性は後ろで椅子にも座らず黙って立っている。その手には薄い風呂敷包みを抱えていた。

「秀樹はもうここには来ません」

貞子はキヱの入れた緑茶を啜りながらあっさりと言った。小夜子はすぐには答えられない。

「……理由をお伺いしてもいいでしょうか」

「佳苗さんが嫌がっているのです」

貞子の目がこちらをじっと見る。

「野村佳苗さんは女子大学に通って、今時の考え方を持っているの。夫に他の女がいるという噂を聞いてとても悲しんでらっしゃる。破談になるかもしれない」

小夜子は頷くしかなかった。自分が彼女の立場でも心が痛むはずだ。

「林(はやし)、出して」

貞子の後ろで控えていた男性が風呂敷包みの中から薄い本のようなものを出した。

「どうぞ」

目の前に差し出されたものは写真館の冊子だった。二つ折りを開くと中には男性の写真が貼られている。自分の父親ほどの年齢だ。

「九州の炭鉱王、鴻上三郎よ。奥さんを亡くして一年になる。あなたは彼と結婚しなさい」

話が呑み込めなくて小夜子はしばらく絶句していた。

「いったい、どういう……」

「向こうはもう承知しているわ。お前の実家から譲ってもらった写真を送ったら気に入ったようよ。安岡の者が薦める女なら間違いないだろうと言ってくれた」

眩暈がした。いつの間に自分の写真を手に入れたのだろう。なにも知らなかった。

「この方と、結婚しろとおっしゃるのですか」

貞子は黙って静かに茶を飲んでいる。

「秀樹さんとお別れするのはかまいません。でも結婚なんて、会ったこともない人なのに」

写真の男性は紋付に袴を履いた、厳格そうな人間だった。好きも嫌いもわからない。

「人柄は安岡が保証するわ。それでは足りないかしら」

「でも……」

突然貞子が茶碗を茶托にたたきつけるように置いたので小夜子はびくっとした。

「まだわからないの？　あなたを無一文で放り出すこともできる。そうしないのは秀樹のためです。自由にして妙なことを記者に話されたのではたまったものではない。昔のことまで穿り出されたら彼のためにならないわ」

「昔のことって、なんですか」

貞子の顔が一瞬歪む。

「秀樹さんの、本当の母親のことよ。内内では知られたことだけれど新聞に書かれるのはまずいわ。野村さんとの縁談に差し支えるかもしれないので」

悔しかった。たとえ放り出されても秀樹のことを話すはずがない。

だが彼女は自分のことなど信じてくれないだろう。同じ人間とも思われていない気がする。

「鴻上は元農民の出で教養はないけれど、人柄はいいわ。お前は若いし元士族の出でなにより美しい。せいぜい可愛がってもらいなさい」

「待ってください！」

立ち上がって出ていこうとする貞子に最後の抵抗をした。

「出ていきます、もう秀樹さんとは関わり合いになりません。でも結婚は——私はまだ、秀樹さんのことを」

貞子がくるりと振り返る。日本舞踊の心得があるのか、目を見張るほどしなやかな動きだった。

「ああそうだ、あなたの債権だけどね」

はっとした。そうだ、自分はまだ借金が残っている。

「……それは、必ず」

お返しします、そう言おうとしたところを制される。

「私が処理しようとしたの。借金持ちの花嫁にするわけにはいかないから。でも」

貞子の目が鋭くなった。

「もうなくなっていたわ」

「え？」

「秀樹さんが処理をしていたの。自分の資産を使ったのよ。だからお前はなにも心配しなくてもいいわ」

言葉もなかった。自分を縛っていると思っていたものがもうなくなっているなんて。

「だから、なおさらお前を自由にしておくわけにはいかないのよ。秀樹さんからできるだけ遠ざけなければ、今後の結婚生活に支障が出るわ」

(それは)

胸の奥から熱いものが湧き上がってくる。

(彼が自分を愛しているから)

「秀樹さんに会わせてください、最後に話をさせて」

だが貞子はスリッパの足を素早く滑らせて玄関に行き、草履を履いた。

「土間がないと落ち着かないわ。お前がいなくなったらここは売りに出そうかしら」

「お願いです、秀樹さんに」

「もう会わせないわ、理由はわかるでしょう」

貞子は振り返らずに言った。

「お前を諦めさせるためにどれだけ苦労したと思うの？　早く九州へ行きなさい。それがお互いのためよ」

貞子が出ていったあとも、小夜子はしばらく立ち尽くしていた。

「小夜子様、申し訳ありません」

しばらくしてキヱが声をかけてきた。

「どうして、謝るの？」

「安岡の奥様に頼まれていたのです、小夜子様の体調のことを……そのことを秘密にしていました」

自分が秀樹の子供を身籠っていないか心配していたのだろう。妊娠していなかったので九州の炭鉱王との結婚を提案したのだ。

「いいのよ、今までありがとう」

小夜子は寝室に戻り、寝台の上でしばしぼんやりとしていた。

(結局私は流されるだけなのだろうか)

大野の妾、秀樹の女、そして九州の炭鉱王へ嫁ぐ――。

自分の意思はなに一つなかった。

（私の意思）

それは秀樹を愛していること。

『お前を諦めさせるためにどれほど苦労をしたと思うの』

貞子の言葉は本当なのだろうか。

それは、秀樹が自分をまだ愛しているということだろうか。

それを確かめることもできず九州へ行くのか。

（嫌だ）

秀樹の気持ちが知りたい。

彼の想いはどれほど強いものなのだろう。

「キヱさん」

いてもたってもいられなくなり、キヱを呼んだ。

「小夜子様、どうされました」

「秀樹さんに会いたいの、安岡の家に行けないかしら。会社でもいいわ」

すると小夜子は悲しそうに首を横に振った。

「残念ですが、それはできないでしょう」

「どうして？」

「貞子様は小夜子様を結婚まで見張るそうです。お出かけは許された場所だけで、私が必ずつき添うようにと」

目の前が昏くなった。事態はそこまで悪くなっているのか。

「まるで囚人か妓楼ね」

そう呟くとキヱが駆け寄ってきた。

「それほど貞子様は小夜子様を恐れていらっしゃるのです。秀樹さんに会わせたらもう別れさせることができないと思われているようで」

「…………」

それほど秀樹は自分を想っているのだろうか。嬉しさと悔しさが同時に襲った。

「私は、どこなら出かけられるの？」

「三越や帝劇や……今までお出かけになっているところは大丈夫です」

買い物や観劇で気休めをしながら婚礼を待つしかないのか。

(私はそれしかできないのだろうか)

なにもせず、ただ流されるままの生き方でいいのだろうか。

(でも)

一つだけ、人より得意なことがある。だがこれで生きていけるだろうか。

「……九州へ行く前に、お友達に会いたいわ。ここへ呼んでもいいかしら」

小夜子は芳子の名前を出した。彼女の住所は知っている。

「人を呼ぶことは禁じられておりません。ぜひお呼びください」

小夜子は急いで葉書を取り出し、芳子への手紙を書いた。すぐにキヱに託してポストへ入れてもらう。

（私はどうなるのだろう）

何度も秀樹と睦み合った寝室を小夜子は見回した。まるで夢のような日々。

（夢のように消えてしまうの？）

衣裳室に入ると美しい女ものの服に混じって秀樹の上着が残っていた。そっと胸に抱くとほんのわずか、彼の匂いが残っている。

小夜子は固い生地の服を抱きしめ、胸の痛みを堪えた。

九州への輿入れは二か月後に決まった。年内に慌てて移動するより、年明けすっきりしたところへ花嫁を迎え入れたいという鴻上の意思だそうだ。

「結婚前からこれほど大事にされるなんて幸せな花嫁だわ」

貞子はたまに屋敷を訪れるようになっていた。結婚準備の進み具合を報告するためだ。

「お前のために一部屋増築して、着物もたくさんそろえていくそうよ。お前はなにも持たず身一つで来てくれと言っているわ」

「ありがとうございます」

小夜子は礼儀正しくお辞儀をした。

「秀樹のことが気になる?」

貞子は意地悪く唇を吊り上げる。

「はい」

存外小夜子がはっきり返事をしたので彼女はぎょっとした表情になった。

「安心おし。彼はすっかり落ち着いて仕事に精を出しているわ。週末は婚約者の佳苗さんとお出かけをしているの。デイトとかいうらしいけど」

「そうですか」

秀樹がなにを考えているのかわからない。それでも自分の意思は変わらなかった。

「貞子様、一つお願いがあるのですが」

「なに?」

「三越で一つ首飾りを買いたいのです。金剛石か紅玉がいいですわ。秀樹さんの思い出に」

貞子はうっすらと笑った。

「身一つで来いと言われているのに……まあ、確かに、安岡の家から出すのにあまりみすぼらしいものを身につけていくのもね」

九州で自分を待つ鴻上は自分と秀樹のことを知っている。

「女というのは男によって格がつくのよ。秀樹によってお前は高い女になった。『安岡家の御曹司に愛された女』だから鴻上さんの嫁になれた。それを忘れぬよう、向こうに行ってもみっともないふるまいはしないようにね」

小夜子は彼女の言葉を黙って聞いていた。

(私は秀樹さんのおかげで価値が上がったの?)

違う、どんな境遇でも自分は自分だった。

だが周りはそう見ない。もし妓楼に行っていたら妓楼の女、置屋に行っていたら芸者。自分の価値を他人に決められる、女とはなんと不自由な生き物だろう。

(もう、誰かに振り回されるのはごめんよ)

小夜子はただ、時を待っていた。

自分の人生を取り戻すための時を。

結局首飾りは貞子が知っている宝石商から買うことになった。

「奥様のお気に召す石を選んでください」

中年の男性が持ってきた小さな鞄の中には、黒いフェルトに埋まった金剛石や紅玉、翠玉などが並んでいる。

「見事なものでございますねえ」

側で見ていたキヱが感に堪えた声を出した。だが小夜子はうっとりしていられない。

「この中で、一番高価なものはどれ？　どのくらいするの」

宝石商の男は一つの金剛石をピンセットで摘まみ上げる。

「大きさは小さいですが、これは傷も内包物もない、最高級品です。ごらんなさい、この輝きを」

陽光を受けて輝く金剛石は小さな太陽のようだった。小夜子は迷わず選択する。

「それがいいわ。そのままいただけるかしら」

宝石商は驚いたように目を見開いた。

「このままとは石のままということですか？　貞子様のお話では首飾りにするということでしたが」

小夜子は彼の目をはっきり見て言った。

「いいえ、石をどうするかは鴻上さんにお聞きしてからにするわ。指輪か首飾りかブローチか、向こうの方のお好みもあるもの」

宝石商は顔をほころばながら首をひねる。

「それは素晴らしい心がけです。しかし九州にいい職人がいますでしょうか。もしお好みの者がいらっしゃらなければ東京へ送り返してください」

小夜子は微笑みながら小箱に入った石を受け取った。

「お気が変わられたのですか」

その日の夜、寝台の明かりを消しに来たキヱがぽつんと呟いた。

「石のこと？」

「はい、宝石にご興味がおありだとは知りませんでした」

小夜子は温かな真綿の布団を首まで引き上げながら言った。

「なんでもないわ。ここを去る時に一つ思い出の品が欲しかっただけ」

その後も、日々は穏やかに過ぎていく。東京の空気は冷たく乾いていった。

「本当に行ってしまうのね」

十二月のある日、芳子が訪れた。狐の襟巻にマフを持った様子は婦人雑誌から抜け出したような姿だった。

「ええ、すっきりしたわ、行き先が決まって」

芳子は小夜子と並んで寝台に座る。落ち着いて話をしたかったので寝室に彼女を呼んだのだ。屋敷には貞子の命令で自分を見張っている男たちがいた。

「私のせいだわ」

芳子は涙ぐんだ。

「私が婚約者のことなんか教えなければよかった。そうすれば今でもあなたは秀樹さんと」

「いいえ、違うわ」

遅かれ早かれ自分の存在は問題になったはずだ。なにも知らぬまま突然引き離されるよりずっとよかった。

「私は知らぬまま人倫にもとることをしていたんだわ。このままなし崩しに妾になってしまうよりも他の人に嫁ぐことができてよかった、本当にそう思っているのよ」

そう言うと芳子はさらに大声で泣いた。

「泣かないで、芳子さん。あなたのほうはどうなの？　ご主人と上手くいっているのかしら」

芳子はハンドバッグから白いハンカチを出すと涙を拭いた。

「いいえ、相変わらずよ。正夫さんはたまに向こうの家へ泊まっているわ。でももう、私は気にしないことにしたの」

ハンカチから顔を上げた彼女の顔は強かった。

「あの人に抱かれなくてももういいわ。そもそも私、あの人が好きだったのかしら……親の言うままお見合いをして、夫になった。優しければ好きになったでしょう。でもあの人は優しくなかった」

小夜子は彼女の肩に寄り添った。

「芳子さんが吹っ切れてよかった。どんな結果になろうとあなたなら大丈夫よ」

そう言うと芳子は明るく微笑んだ。

「でもあなたは本当に九州へ行くの？　他に道はないの？」

小夜子は真剣な顔で友人を見つめた。

「芳子さん、あなたにお願いがあるの。でも難しかったら断ってもいいのよ」

「なにを言っているのよ。あなたの頼みならなんでも聞くわ。当たり前じゃない」

嬉しかった。お互いの立場は変わっても友情はまだ生きている。これこそが自分の財産だった。

十二月に入り、聖誕祭が近づいてくる。

「女学校では毎年降誕劇をやっていたわ。私は羊飼いの一人を演じたの」

秀樹の母に仕えていたキヱは聖誕祭のこともよく知っていた。

「鳥の丸焼きやケーキを食べるのですよね」

「そうよ、私は作ったことないけれど、キヱさんはできるの？」

「丸焼きは無理ですが骨付きのもも肉をフライパンで焼いたことならございます」

「じゃあ二十四日はそれにしましょう」

今年の冬は寒く、やがて粉雪が舞い散るようになった。

十二月二十四日、ダイニングテーブルの上に蠟燭を灯し、降誕祭のディナーが始まった。たった一人の食事だった。

「キヱさん、これ」

給仕をしてくれるキヱに小夜子は小さな包みを差し出した。

「小夜子様」

「お世話になったわね」

中にはカメオのブローチが入っていた。キヱは口に手を当てて涙ぐむ。

「こんな……短い間ですのに」

「もうお別れですもの。あなたがいてくれて助かったわ」

彼女は袖で涙をぬぐう。

「私も年を取ってもうお役に立つことなどないと思っていましたのに、小夜子様にお仕えできて嬉しゅうございました」

「私がいなくなったら、あなたはどうするの。貞子さんはここを売ると言っていたわ」

「娘が新宿(しんじゅく)のほうに家を建てるというのでそちらに行こうと思います。孫が来年生まれるのです」

「それは楽しみね！　キヱさんのお孫さん見たかったわ」

「ありがとうございます。もしよろしければ写真をお送りします」

小夜子は一瞬奇妙な表情になり、誤魔化すため窓のほうを見る。もう暗くなっている窓の外には白いものがちらついている。

「また雪ね、今晩は寒くなりそう」

「カーテンを閉めましょう。窓から冷たい空気が入りますから」

キヱが窓辺に歩み寄る。しかしカーテンを引く手が急に止まった。

「どうしたの？」

小夜子は鳥の腿を食べようとした手を止めて彼女のほうを見た。

「あの」

振り返ったキヱの顔は強張っていた。その表情に小夜子は胸騒ぎを覚える。

（まさか）

素早く窓辺に行く。屋敷の外、門の内側に人が立っていた。

（あ）

粉雪が舞い散る中、立っているのは秀樹だった。

「秀樹さん！」

いつもの背広ではなく、セーターに外套姿だった。窓から小夜子を見た秀樹は大股でこちらに近づいてくる。

（いけない）

小夜子は思わずその場にしゃがみ込んだ。

「いかがいたしましょう」

キヱの声も震えていた。

「わからない、どうしたらいいのかしら」

小夜子は窓の隅からそっと様子をうかがった。秀樹の姿を見た見張り役の男たちが彼の行く手を遮る。しばらくそこで押し問答をしていた。

「ああ！」

だが男たちは秀樹に道を譲る。自由の身になった秀樹は足早に近づいてきた。

玄関のほうで扉が開く音がした。小夜子は足がすくんで動けない。

（会いたかった）

本音では彼に会いたかったのだ。

だが素直に彼の胸に飛び込めない。

「どうして」

キヱも慌てている。廊下を歩く彼の足音が聞こえた。

とうとうダイニングの扉が開いた。

「小夜子」

この世で一番好きな人が現れた。

「秀樹さん！」

我慢できなかった。頭の中から一瞬葛藤が消えた。小夜子は彼のほうに走り寄る。

秀樹は小夜子の体を抱き寄せた。

「元気だったか」

熱く固い彼の体に包まれると全身が溶けてしまいそう。

「どうしたの、婚約者の人は」

疑問を吐き出す唇を塞がれる。

「ん……」

いけない、そう思っていても体が動かなかった。

「なにも言うな」

強く抱きしめられたまま、時が止まればいいと思った。

(愛している)

どうしようもない、止められない想い。

我慢していた熱情が溢れ出すのがわかった。

「寂しくなかったか」

小夜子の頭を撫でながら秀樹が囁く。

「寂しいに決まっているわ」

彼のセーターにしがみついた。少し固い羊毛が頰を刺す。

「トキが薬を飲んだ。死のうとしたんだ」

「ええっ」

メルローズで出会ったトキ、明るくて親切な女の子だったのに。

「聖誕祭の時に萩原と会えないからだ。彼の一家はカトリックだから……一人アパートで過ごしていた彼女は衝動的に薬を大量に飲んだんだ。以前から睡眠薬を貰っていたらしい」

トキの、少女の面影が残る顔を思い出す。強がっていたけど本当は寂しがり屋なのだ。

「萩山からトキのことを聞いて怖くなった。お前が極端なことを考えたらどうしようかと」

「……私を心配して、わざわざ来てくれたの？」

嬉しかった。離れていても彼は自分のことを想っていてくれたのだ。

「でも、元気そうでよかった。食欲もあるようだ」

テーブルにある皿を見て秀樹が苦笑した。

「意地悪言わないで、会いたかったに決まっているじゃない」

抱きしめられた腕が緩む。

「元気ならいいんだ。じゃあな」

「えっ」

「長居はできない。お前の顔を見られれば満足だ」

「待って」

思わず彼の手首を摑んだ。

「男を追うなと言っただろう」

「行かないで、今夜だけでも一緒にいて頂戴」

本当は寂しかった、つらかった。もう二度と会えないかと思っていた。

まるで奇跡のように愛する人が現れてくれた。最後の逢瀬をできるだけ長引かせたい。

しかし、秀樹の表情は険しかった。

「見張りの人間には十分で帰ると言ったのだ。長引けば彼らは私の親に連絡するのだろう。そうなったら鴻上との結婚にも差し障るかもしれない」

「かまわないわ！」

九州になど行きたくない。彼と結ばれなくても、他の男のものにはなりたくなかった。

すると秀樹は強い力で小夜子の手を振り払う。

「馬鹿なことを言うな！　安岡の家がお前を自由にしたままにすると思っているのか。鴻上と結婚しないのなら私の親はお前をどうするかわからない。どんな手を使ってでもお前を私から遠ざけるだろう。人買いに売って遠い外国へ流されるかもしれない。それでもいいのか」

背筋が寒くなった。だから秀樹は自分を諦めたのか、実家の力から守るために——。

「私がお前を結婚させろと言ったんだ。そうすれば野村佳苗と結婚し、家庭生活を営む。できるだけ金持ちの家に嫁がせろと言った」

「私は嫌、どんなにお金持ちでも他の男なんて」

「馬鹿を言うな」

秀樹は頭を振って皮肉に笑った。

「女は力のある男のものになるのが一番幸せなのだ。それに、妾より正妻のほうがいいに決まっている。私より鴻上の妻になるのがお前のためだ」

悲しみが胸に詰まる。本音じゃないはずなのに、そう言われると辛かった。

「……私の意思は、どこにあるの」

金持ちに買われるだけが幸せなのだろうか。そうだとしたら、女の心はどこにあるのか。

「子供を作れ。鴻上の子供を産めばいい。歳を取ってからの子は可愛いという。そうすれば一生安泰だ。それが女の幸せだ」

「勝手に決めないで！」

小夜子は悲鳴を上げた。

「私の幸せは私が決めるわ。お金や地位など関係ないのよ」

「甘ったれたことを言うな！」

秀樹の声は悲鳴のようだった。

「金のない女がどんな目に遭うと思う？　親にも夫にも守られない若い女はあっという間に食いものにされるんだ。私はもうお前を守ってやれない。自分の身は自分で守るんだ」

小夜子の胸がずきんと痛む。

「私を……守ってくれていたのね」

最初からそうだった。

秀樹は大野が倒産して途方に暮れている自分を助けてくれた。

あのまま放置されていたら自分は今頃どうなっていただろう。

「どうして？　どうして私を助けたの。あの時初対面だったのに」

彼の瞳は揺れていた。

「大野を探しに行ったのだ。倒産した会社を捨てて自宅にもいなかった。妾と一緒に逃げるのではないかと思って料亭に駆けつけた」

彼はいったん言葉を切る。小夜子は薄暗がりの中待った。

「そこにいたのはお前だけだった。大野はお前を見捨てて逃げたのだ。本当なら彼はお前の家族に渡す金を持っているはずだった。それを逃走資金にしたらしい」

あの時自分はなにも知らなかった。ただぼんやりと、大野が来るのを待っていた。

「大野の債権の中に甲野家に渡すはずの金があった。その同額を私はお前の家に送った。だからお前の借金は本来の倍になった。その金も私が処理したのだ」

「どうして、そこまで」

もともとの借金も安くはない。その倍を彼が肩代わりしてくれたのか。

「お前を料亭で見た時、か弱い花に見えた。なにも知らず、誰かに摘まれるのを待っている花だ。このままでは人込みの中で踏み潰される、そう思ったら、放ってはおけなかった」

小夜子も思い返した。あの時の自分は父親の言われるがまま大野のものになるしかないと思っていた。

そのまま世間に放り出されたら、どうなっていただろう。

「あなたが、助けてくれたのね」

無力な自分を助け、安全な場所に植えて水を与えてくれた。花開くまで待っていてくれた。彼のおかげで今自分の足で立っていられるのだ。

「私を愛してくれていたのね。私ばかりがあなたを愛していると思っていたけれど、あなたのほうが先に私を愛してくれていたんだわ。私はそれに気づかなかった。ずっとあなたに守られていたのに」

最初は彼に囚(とら)われていると思っていた。彼を愛するようになっても、自分ばかりが想いを募らせていると。

そうではなかった。秀樹はずっと自分を守り、包んでくれていた。

「秀樹さん」

歩み寄ろうとする小夜子を彼は手で制した。

「来るな。私はもう役立たずだ。お前のことは鴻上に託した。彼に幸せにしてもらえ」

「私は」

秀樹がいなければ幸せではない、そう言いたかった。

だが彼は一瞬窓の外を見るとあっという間に出ていった。ガラス窓の向こうでは男たちがこちらを見ている。

「待って！」

玄関を開ける秀樹の背中に言葉を投げかけた。

「私はあなたを愛しているわ。忘れないで、お願い」

重い扉を開ける前に秀樹は一瞬停止する。

「……お前こそ、忘れるな。私がお前を愛していることを」

「え」

彼の言葉を聞き返したかった。だが彼は逃げるように屋敷を出ていく。

『愛している』

その言葉は金剛石のように胸に残っていた。

(彼も自分を愛している)

小夜子の全身に血が巡る。

（秀樹さんに愛されている）

それだけで、勇気が湧いてくるのだった。

（私は負けないわ）

正直、このまま流れに身を任せたくなる時もある。

安寧な生活に落ち着きたい、その誘惑は強かった。

だが今日で心が決まった。

（私は私の足で立つ）

秀樹が自分を愛してくれたから、強くなれた。

今度は自分が彼の愛を守る番だ。

八　選択

年が明け、小夜子が九州へ嫁ぐ日がやってきた。一緒に九州へ行くのは父親と弟の一郎だけだった。

父親の和夫(かずお)は上機嫌だった。

「妾で終わるはずだったのに結婚できるとは」

甲野家の長男である一郎は逆に不機嫌だった。姉が妾になったり九州の老人のところへ嫁がなくてはならなかったのは家族のためなのだ。

(姉様、ごめんなさい)

自分が今勉強していられるのも姉のおかげだった。もともと姉を引き取る予定だった大野は倒産したが、なぜかその後金が送られてきた。

しばらく姉がどこに行ったのかわからなかった。葉書が届いて元気らしいことはわかったが、住所は書かれていなかった。

本来なら姉の行方を探さなければならないのに、父も母も放置したままだった。

「帝国銀行の男に世話になっているようだ。小夜子は運がいいな」

（なにが運がいいのか）

姉の同級生は皆結婚するか女子大学に通っている。小夜子も勉強がしたかったはずだ。家のためにすべてを諦め家族とも会えない姉のことが気の毒でならなかった。

そうこうしているうちに突然結婚話が舞い込んだ。相手は帝国銀行の男ではなく、遠い九州の人間というではないか。

「姉さんはどうなっているのですか。本当にその人と結婚したいのでしょうか」

一郎は姉のところに行きたかった。本人の意思を確かめたかったのだ。だがそれは親に止められていた。

「向こうが来てくれるなと言うのだ。結婚前に気持ちを落ち着けたいらしい」

一郎は納得できなかったが、姉のいるところすらわからない。

姉が九州へ旅立つ日の朝、帝国銀行から車がよこされた。革張りの車内に恐る恐る座り、父と一郎は朝の帝都を走る。

車は麻布に到着した。姉が住んでいる家を見るのは初めてだった。

「ここか、凄い家だなあ」

西洋風の屋敷を見た父親は感嘆の声を出した。一郎もその荘厳さに気圧（けお）される。自分が志望している帝国大学のようだ。

だが鉄製の扉は大きく開かれたままで男たちがあわただしく出入りしている。彼らの顔は緊張で引きつっていた。婚礼の華やかさとはかけ離れている。

「どうされたのです。小夜子は屋敷の中にいるのですか」

「あなたは？」

「小夜子の父ですが」

すると男は急に和夫の襟首を摑む。

「なにをするんですか」

「とぼけるな、お前の娘はどこだ」

「なにをおっしゃっているのです」

「あの女が消えた。どこにもいないんだ」

その瞬間、一郎はひらめいた。

(姉さんは逃げたんだ)

父親と男はしばらく押し問答をしていたが、なにも知らないことが判明したのか解放された。

「いったいどういうことなんだ。小夜子はどうしたんだ」

屋敷に入るとその中でも男たちがなにかを探していた。一郎は父と一緒に二階へ上がった。

ありとあらゆる引き出しが開けられている。

部屋の中には大きな寝台があった。その近くで老婦人が椅子に座っている。

「こんにちは。私は甲野小夜子の父親です。いったいどうしたのですか。今日は九州へ行く日じゃないですか」

老婦人は静かに立ち上がると二人に向ってお辞儀をした。

「初めてお目にかかります。私はここで小夜子様のお世話をしていたキヱと申します。実は、今朝から小夜子様が見つからないのです」

「なんですって、いったいどうして？」

「私もわからないのです。昨夜は普通にここでお休みになっていたはずなのに、今朝起こしに来たら誰もいなかったのです」

和夫はキヱの言葉を黙って聞いていた。その時男の一人がキヱに詰め寄る。

「おい婆さん、本当にお前はなにも知らないのか。朝誰かがここを訪ねてこなかったか」

「申し訳ありません、まったく気づきませんでした」

すると男は背の低いキヱの肩を強く摑んだ。

「おい、誤魔化すんじゃない。一日中側にいるお前の協力なしであの女が逃げられるはずないだろう。金を貰って黙っているんじゃないのか」

「やめてください！」

思わず一郎は二人の間に割って入った。

「なんだ、ガキは引っ込んでろ」

「あなたこそ、お年寄りに乱暴して恥ずかしくないんですか」

「なに！」

男は一郎の手首を摑んで引き寄せ、殴ろうとする。

「なにをしているの」

不意に背後から声がした。一郎がそちらを見ると、黒い羽織に華やかな訪問着を着た老婦人が立っている。

「早く市電の駅やタクシー会社へ行きなさい。女の足で遠くへ行けるはずがないでしょう。人力車の溜まり場も探すのよ」

「は、はい奥様」

今まで高圧的だった男があっという間に大人しくなった。父親は慌てて彼女の前に腰をかがめて立つ。

「失礼ですが、もしや」

「安岡貞子です」

その名を聞いた父親は米つきバッタのように何度もお辞儀をした。隣で立っている一郎の頭を摑んで下げさせる。

「この方は安岡の大奥様だぞ。お前もお辞儀をしないか」

必死に頭を下げる親子を貞子は冷たい目で見つめていた。

「お前が小夜子の父親なの」

彼女の声はそれほど大きくないのに異様な威圧感があった。

「は、はい、娘がいなくなったそうで……私どもとしてもさっぱり見当がつきません」

貞子はしなやかな足取りで父親に近づくと囁いた。

「小夜子に男はいなかったの？」

「は？」

父親の目が丸くなる。

「女学生時代に軟派な学生と恋愛事件など起こしていなかったの？　最近の学生はSやら軟派やら乱れているというわ」

さすがの父親も顔色を変えた。

「お言葉ですが、娘は厳しく躾けております。不純な行為はしておりません」

貞子はあざ笑うように薄い唇を吊り上げる。

「どうだか……息子はすっかり小夜子に夢中になってしまった。清らかな娘にそんな手練手管があるものか。妾に出す前にどんな教育をほどこしたの」

侮辱の言葉にさすがの父親も顔を赤らめて黙り込んだ。握りしめた拳が震えている。

（悔しい）

一郎は貞子に言い返したかった。父も同じ気持ちだろう。

だがそれはできない。甲野家は安岡から世話になっているから。

(惨めだ)

姉はこの豪奢な屋敷で幸せだっただろうか。

「さあ、娘の知り合いを全部言いなさい。どこかに隠れているかもしれない」

「……小夜子の友達はもうほとんど結婚していて、そんなことをするような人間はおりません」

「それはこちらが判断する。さあ、言いなさい」

父親は口をつぐんでいた。姉の友人に迷惑をかけたくないのだろう。その様子に貞子が顎をしゃくる。すると近くにいた男が二人父親の腕を取る。

「なにをするんだ!」

「思い出せないのならゆっくり思い出せばいい。子供のいないところへ行こうぜ」

「放してくれ、乱暴はよせ」

体格のよくない父親が引きずられるように連れていかれそうになる。一郎は思わず男の手を摑んだ。

「やめてください!」

必死の抵抗も屈強な男たちにとっては蚊が止まったようなものだった。あっという間に手首をひねり上げられ、床に突き飛ばされる。

「うっ」

「ガキは引っ込んでろ。生意気な」

男たちは父を寝室の外へ連れていこうとする、その足が止まった。

「あ」

貞子が小さく声を上げたので一郎もそちらを見る。そこには若く、美しい男が立っていた。

(この人が)

一郎にはすぐにわかった。彼が姉の面倒を見ていた男、安岡秀樹なのだ。

「お母さん、なにをしているのですか」

一瞬気圧されていた貞子はすぐ姿勢を整える。

「小夜子さんを探しているのよ。お前も心配でしょう」

彼は大股でこちらへ近づいてくる。まるで彫刻が動いているようだった。

「小夜子は自分の意思で逃げたのです。追わなくてもいい。放っておいてください」

貞子の目が険しくなった。

「お前はよくても私はよくないわ。安岡の名前に泥を塗られたのよ。見つけ出して、縛り上げてでも九州に送らなくては」

不意に秀樹の背が低くなった。貞子の前に正座をしているのだ。

「なにをしているの、秀樹さん」

「お母さん、私はあなたに我儘を言ったことはない。ずっといい息子だったはずだ。これが最初で最後の我儘です。小夜子を自由にしてやってくれ。九州には私が謝罪に行ってもいい」

「やめなさい、あなたは安岡の跡取りなのですよ、みっともないことはしないで！　周りの者が見ているじゃないの」

秀樹はそのまま床に頭をつけた。父親と捕まえていた男たちも動揺している。

「お願いです。この件はなしにしてください。今後あなたには逆らわない。だから小夜子は見逃して欲しい」

「……あなたは」

貞子の顔が能面のように凍りついていた。内心の動揺を意思で封じ込めている。彼女の背負っている濃厚な血がそうさせていた。

「そこまでしてあの女を守りたいの」

秀樹は無言のまま頭を下げ続けている。その横を貞子は足早に通り過ぎる。

「立ちなさい。言う通りにしてあげるから顔を上げるのよ。二度とそんな真似はしないでちょうだい」

貞子が立ち去ったあとようやく秀樹は立ち上がり、服の皺を伸ばす。一郎は彼に近寄った。

「大丈夫ですか」

「私なら平気だ。気にせずもう帰りなさい」

「……あなたが、安岡秀樹さんなのですね」

彼は静かに頷いた。

「姉がお世話になっていました。ありがとうございます」

一郎が深々と頭を下げる。父も隣に立ち何度もお辞儀をして、恐る恐る話しかけた。

「あの、本当に小夜子の行方はわからないのですか」

彼は皮肉そうに笑った。

「まったくわかりませんでした。情けないですね。小夜子を守っているつもりだったのに」

一郎は涙ぐんでいる。

「姉は、僕のために身を売ったんです。本当なら勉強を続け、幸せな家庭を築くはずだった。それを諦めさせたのは僕なんです。どうしたらいいんでしょう。どうしたら姉を助けられるのか」

秀樹は彼の肩をしっかりと摑んだ。

「小夜子のことは心配するな。彼女は私が思うよりずっと強かった。これだけの人間を欺いて逃げおおせた。きっと行く末もきちんと考えているはず」

その声は力強かった。口先だけの慰めではない、確かな絆を感じさせた。

（この人は姉さんのことをよく知っているんだ）

姉は彼にただ囲われていただけではない、恋人や夫婦のように心が繋がっていたのだ。

「じゃあ」

一郎の目に映る秀樹は希臘彫刻のように凛々しかった。こんな人が姉の夫だったらよかったのに。

小夜子の行方はようとして知れなかった。安岡家は人を使い必死で探したが、まるで神隠しに遭ったように見つからない。

やがて貞子は諦め、小夜子の代わりに九州の鴻上に嫁がせるための人選に取りかかった。

安岡家が小夜子のことを忘れかけた半年後、帝国銀行の秀樹を訪ねた者がある。

「急にお訪ねして申し訳ありません」

芳子だった。銀行に勤める男の妻で、小夜子の友人だ。

「小夜子さんから手紙を預かっているんです」

秀樹ははっとして部屋の扉を閉め、芳子をソファーに座らせた。

「置手紙をしようとしたんですけど、もし先に貞子さんに見つかったらいけないと」

「賢明だな」

あの時屋敷のどこかに手紙があったらきっと貞子の手下によって見つけられたに違いない。

小夜子の洞察力に改めて感心する。

「ありがとう、あなたに累が及ぶかもしれないのに協力してくれて」

そう言うと彼女は華やかに笑った。

「いいえ、私こそ彼女に助けられたんです。三越で出会ってなかったら、私こそどうなっていたかわかりませんわ」

そういえば今日の芳子は洋装で、髪も流行りのパーマネントをかけている。あの時出会った若妻姿よりずっとはつらつとしていた。

「感じが変わりましたね」

芳子は明るく微笑む。

「私、正夫さんと離婚するんです」

その明るい言い方に秀樹のほうが驚いた。

「離婚？　よく思いきりましたね」

「ええ、皆に反対されました。父親には殴られましたわ。でも最終的には承知してくれました。私の意志が固かったので」

彼女が立ち上がるとスカートが軽やかに広がる。

「小夜子さんのおかげなんです。引かれた道を外れても生きていけるとわかったの。これから苦労すると思います。でも我慢し続けるよりはまし」

秀樹は聞かずにはいられなかった。

「小夜子は、彼女は私の側にいて我慢していたんでしょうか」

それを聞いた芳子はくすくすと笑った。

「なにをおっしゃっているの。小夜子はあなたへの愛を貫くために逃げたのですよ。何不自由ない生活を捨てて」

「そうだろうか」

自信無げな秀樹を芳子は勇気づける。

「手紙を読んでください。あの子の気持ちが全部書いてあるわ」

芳子が立ち去った後、秀樹はペーパーナイフで手紙の封を切った。

『秀樹さん
なにも言わずに出ていってごめんなさい。

九州へは行きません。あなたを愛したまま他の男性の世話になるわけにはいきません。

この手紙を読んでいるということは、私は無事に逃げられたのでしょう。簡単に今回の計画をお話しします。

私は屋敷にいる間、近くの修道院に通って英語の勉強を続けていました。一番好きな科目だったから。

そこの修道女様に相談して、東京から遠く離れたところで代用教師として働きます。場所は修道院の人に聞いてください。あの方しか知りません。

でも迎えには来ないでください。私は一人でも生きていけます。

秀樹さんが佳苗さんと結婚するなら、奥様をただひたすら愛してください。

夫に愛されない妻ほど悲しいものはありません。

それと同じくらい、妻のいる男を愛した女も悲しいのです。

悲しい人をもう作らないでください。私は秀樹さんとの思い出を宝物にして生きていきます。一生分の幸せを貰ったのでもう充分よ。

愛しています。一生あなたを愛し続けます』

秀樹は小夜子の手紙を読み終わった後、しばらくソファーに座って俯いていた。

太陽が落ちていく。秀樹の部屋にも橙色の夕日が差し込んできた。

ようやく顔を上げた秀樹の顔は厳しく、だが迷いの抜けた目をしていた。

東京から遠く離れた群馬の地。

小夜子は教壇に立っていた。

「Tの音は舌を上顎につけるのですよ」

小夜子の姿を中学生たちが熱心に見つめている。秀樹の元から出奔して五年が経っていた。

九　再会

九州へ出立する日の前日、小夜子は真夜中に屋敷を抜け出した。

見張りの男たちは屋敷にある高級な洋酒を盗み飲みしていた。それに気づいていたキヱが密かに薬を仕込んでおいたのだ。

「どこから睡眠薬を手に入れたの？」

「トキさんに相談したらいただいたのです。よく眠れるんだそうです」

最後の夜、男たちはダイニングで大っぴらに酒盛りを始めた。そして——深夜全員がぐっすり眠り込んだのだ。

「さあ、お行きください。私はもう自分の家で眠っていることにしますわ」

小夜子は思わずキヱに抱きついた。

「ありがとう、あなたのおかげよ」

彼女はそっと背中を撫でる。

「私は先の奥様をお助けできなかったのです。毎晩泣いてらしたのを知っていたのに……これで少しだけ、私の救いになりましたわ」

小さなハンドバッグだけ持ち、流しのタクシーを拾って小夜子は一人駒込に向かった。地味な着物を着て頭巾を深くかぶっていたので、のちに貞子がタクシー会社に問い合わせても見つからなかったのだ。

車は駒込に着いた。そこのアパートに住んでいるトキのところにしばらく滞在することにしたのだ。

最初はすぐに代用教師の土地へ行くつもりだった。だが相談したトキに反対されたのだ。

「駄目だよ、逃げてすぐ駅なんかに行ったら。そういうところには絶対見張りがいて蜘蛛みたいに待ち構えているんだよ。しばらく身を隠していたほうがいいわ」

トキの提案通り、小夜子はすぐ東京を離れず身を隠すことにした。

「でも、どこに隠れたら……旅館にいたらきっと見つけられるわよね」

するとトキは自分を指さした。

「うちに来ればいい。狭い部屋だけど、なんとかなるさ」

他に方法はなかった。小夜子は身一つでトキの部屋に身を寄せることになった。

「ごめんなさい。あなたにはなんの関係もないのに」

そう言うと彼女は明るく笑う。

「いいのよ。この部屋に一人でいるとおかしくなりそう。あたしも助かるのさ」

トキは大量の睡眠薬を飲んで病院に運ばれた。すぐ退院できたが、萩山との仲は気まずくなっていた。

「あたしが悪かったんだよ。あの人を自分のものにしようとした。最初から人のものだったのに……」

相変わらず生活の面倒は見ていてくれるが、萩山の足は遠のいているらしい。

「これからどうしたらいいんだろう。あんたみたいに勉強ができたらよかったなあ」

「これからだって大丈夫よ。私より若いんですもの。なんだってできるわ」

小夜子は一か月ほどトキのアパートで過ごした。一緒に食事をし、夜は布団を並べて眠る。夜更けまで話したこともあった。

「本当に秀樹さんのことを諦められるの？　そのまま妾になってしまえばよかったのに」

小夜子は暗い天井を見つめながら言った。

「あなた、もし萩山さんの子供ができたとして幸せになれると思う？」

トキはしばらく黙っていた。

「誰かを愛すれば愛するほど、その人を誰かと分け合っていることがつらくなると思う。私はだから逃げたの。あの人を嫌いになりたくなかったから」

トキは布団に潜り込み、やがて泣き出した。

「萩山のこと、愛しているの……あんなに優しい人はいない」

小夜子は布団の上からトキをそっと撫でる。

「あなたなら大丈夫。きっと優しい人に巡り合えるわ」

一か月トキの部屋で過ごした後、小夜子は旅立った。地味な紬を着て頭巾をかぶっているが、駅に着いたときはさすがに緊張した。周りの男たちが皆自分を見張っているような気がする。

切符を買い、汽車に乗り込んで無事動き出した時は思わず安堵のため息を漏らした。

小夜子がたどり着いたのは群馬のある街だった。上野（うえの）駅を出発した時は朝だったのに到着したのはもう夕方だった。疲れた足を引きずって小夜子は街にある教会を訪れた。

「おお、甲野さん。東京からよくいらっしゃいました」

老神父が出迎えてくれる。彼が代用教員の職を紹介してくれたのだ。

翌日小夜子は神父と共に中学校を訪れた。校長は東京からやってきた小夜子を少し警戒しているようだった。

「神父様のご紹介ですから面接をしますが、なにより英語の能力が肝要ですからなあ」

だが小夜子の筆記や発音を聞いた校長は顔色を変えた。

「素晴らしい！　まるで外国人のようだ。さすが東京で学ばれた方だ」

当時、一気に増えた学校の需要を満たすため、教員免許を持たない人間も代用教員として勤めることがあった。ほとんどは小学校の教師だったが、小夜子は英語の能力を買われて中学校で教えることとなった。学校から賄いつきの下宿を紹介されたので教会からそちらに移ることになった。

「まだ給料が出ないのに大丈夫ですか？　新学期までここにいてもいいのですよ」

神父はそう言ってくれたが小夜子はにっこりと笑った。

「ありがとうございます。でもご心配なく。父から当座のお金を渡されていますので」

小夜子はまとまった金を持っていた。それは最後に安岡家から与えられた金剛石を売った代金だった。上野で汽車に乗る前、質屋に持ち込んだ。

まだ細工をしていない石は、むしろ指輪などより高く売れたのだった。


小夜子の生活は穏やかに過ぎていった。授業の評判はよく、彼女に習った生徒の英語の成績は飛躍的に伸びた。

「代用教員ではもったいない。正式な教員免許を取りませんか」

そう勧められることもあったが、小夜子は躊躇っていた。学校に通ったりしたら名前が東京にまで聞こえるかもしれない。まだ安岡の家は自分を探しているかもしれないのだ。

独身の女が一人でいることを噂されることもあった。

「先生、結婚しないいんですか？」

「俺の兄がまだ一人なんです。小夜子先生どうですか」

見合いの話が持ち込まれたことも一回や二回ではなかった。そのたびに頭を下げて断らなければならない。

「女が一人で生きるとは、大変なんですね」

学校には自分の他にもう一人女性教員がいた。彼女は結婚していたが夫が肺病にかかってしまい早く亡くなり、一人で子供を育てていた。

「そうよ。私すら後妻の話が来るほどだもの。なぜ皆私たちを放っておいてくれないのかしら」

見合いの話が煩い以外は平和な暮らしだった。生徒の成績が上がっていけば嬉しいし、自分の稼いだお金で生きていくのはずいぶんせいせいした気分だった。

（どうしているだろう）

それでも、時折思い出す。

（もう結婚しただろうか）

東京から遠く離れた群馬では雑誌もなかなか手に入らない。秀樹と佳苗の結婚はきっと華やかだったろう。

（もともと縁のない人だったんだわ）

一時夢を見せてくれた、そう小夜子は思うようにしていた。

（あの屋敷も人の手に渡っただろうか）

日曜日の夕暮れ、テストの採点や勉強の手を止めて小夜子は物思いにふける。群馬の地でも、夕暮れの色はあの時屋敷の窓から差し込んだのと同じ橙色だった。

(やっぱりあなたが好き)

断りきれず、見合いをしたこともある。皆真面目そうでいい人だった。

だが自分の中にはまだ彼の面影が残っている。

(私は一生一人だろう)

気がつくともう二十三歳になっていた。東京を離れてもう五年だ。

(このまま歳を取っていくのか)

町で幼い子供を見ると胸が痛くなる。もし秀樹の子を身籠っていたら——そんなことを考えなかったわけじゃない。

(でも、きっと苦しかっただろう)

あの屋敷で秀樹の子を育てる。喜びもあるだろう。だが同じ量の苦しみもあったはずだ。

彼はその頃佳苗と結婚しているはずだから。

芳子とトキの苦しみを見てわかった。女はただ、誠実に愛されたいだけなのだ。

金や地位だけでは埋められない、男が自分の人生を捧げてくれる、それが愛ということなのだ。

なんの不安もなく一人の男を愛することができる、これに勝る幸せはないだろう。

（私には、結婚した秀樹さんを愛することはできない）

屋敷に自分と子供を置いて出ていく彼を無心で愛し続けることができるだろうか。

いつか、恨めしく思うかもしれない。彼か、あるいは彼の妻子を。

（そんなことにならなくてよかったんだわ）

今は寂しいが、清々しくもある。誰にも頼らず自分の力で生きていくことがこれほど心地よいとは知らなかった。

代用教師の給料はそれほど高くはないが、能力を見込まれて夜に家庭教師を頼まれることもある。英語の能力は今どこでも必要とされていた。週に三人教えていると、それだけで教師の給料と同じほどになる。

「小夜子先生は教え方が上手い。いつかご自分の塾を作ったらいい」

少しずつ貯金もできてきた。このまま四十まで教師を続けて自分の家を買い、そこで英語塾を開いたら一生生きていけるかもしれない。

そんなことを考えながらふと手を見る。麻布の屋敷では真っ白で滑らかだった手は薄く日に焼けてインキが指先に沁み込んでいる。風呂は銭湯に行っているが、人前に肌を晒したくなくていつも人の少ない夜中に行っていた。

自分の体を見られるのが怖かった。

（私の体はなにか変わっただろうか）

毎夜、あれほど熱烈な愛撫を受けた体は他の女性と違うかもしれない。

「先生は色白ですね。さすが東京の人だわ」

たまたま生徒の母親に出会い、そんなことを言われた。誉めたつもりなのだろうが小夜子は身が縮む思いだった。

(女を捨てたい)

自分の力で生きていくのに女としての魅力はむしろ邪魔だった。相変わらず見合いの話はやってくるし、付文が届くときもある。下宿の周りを男が待ち伏せていて、銭湯に行けない時もあった。

困り果てて校長に相談しても、本気で考えてくれない。

「小夜子先生は美人だから、そろそろ旦那さんをお決めになったら」

(どうして私は私の好きなようには生きられないのだろう)

秀樹を想いながら生きていく、そんな簡単なことがここでは難しかった。

「いっそ修道女になろうかと思うんです」

世話になっている神父に相談したこともある。

「黒い服を着て頭巾をつけていれば、女と見られないでしょう」

神父はいつも優しかった。この地では珍しい紅茶を入れてくれる。

「修道女になるにはまず洗礼を受けて信者にならなくてはね」

「あ、すみません……」

修道院に世話になっていながら、まだ小夜子はキリスト教信者になりきっていなかった。

「いつか、と思っているですが、ごめんなさい」

脳裏には麻布の屋敷が浮かぶ。寝台の壁に残っていた十字架の痕跡。

キリスト教は秀樹の思い出に繋がっている。それが帰依をためらわせていた。

「気持ちはあるんです、でも、一つ心残りがあって……」

神父はいつも優しかった。

「信仰の時は神様が決めてくださいます。焦ることはありません」

信者ではなかったが、日曜日に教会へ行くこともあった。無心に祈っていると不安や迷いが消えていく。

(私はこれでいいんだ)

結婚せず、子供も作らず一人で生きていく。一生を教師として捧げよう。

もうすぐ三月、卒業式が終わって春休みに入ったら洗礼を受け、正式なキリスト教徒になろう。小夜子はそう心に決めていた。


群馬の三月はまだ寒かった。山の峰には雪が残っている。

小夜子は卒業式に出るため袴に羽織り姿だった。

「仰げば尊し、わが師の恩――」

三年間ずっと成長を見てきた生徒たちが合唱していると目頭が熱くなってしまう。

「小夜子先生、おかげで帝国大学に合格できました。本当にお世話になりました」

「僕もいい会社に就職できました。英語が得意なおかげです」

校舎を出てすぐの校庭で式の終わった生徒たちが駆け寄ってきた。

「皆頑張ったわね。私も嬉しいわ」

生徒たちの目にも涙がある。

「小夜子先生、僕が大学を卒業してまだお一人でしたら、プロポーズしていいですか」

帝国大学に進学する誠という生徒から突然そう言われて驚いた。

「なにを言っているの。あなたが卒業する頃私は二十八歳よ。もう年増だわ」

だが生徒は真剣だった。

「いいえ、先生ほど綺麗で優しい人を僕は知りません。きっと迎えに来ますから、待っていてください」

その真摯な目に思わず本気にしそうになる。

「ありがとう、でも私は」

神に祈る生活を送る、そう言おうとした。

不意に遠くで車の音がした。

「誰だ？　中村の親父か」

町で一番の金持ちである中村の父親が迎えに来たのだろうか。小夜子は音のほうを振り返る。

その車体に見覚えがあった。

（まさか）

黒く長い車体が校門から運動場に入ってくる。驚くほど土埃で汚れていた。

「すげえ、フォードだ」

これほど大きな乗用車はこの町で見たことがなかった。運動場の真ん中で停車すると生徒たちが群がる。

「誰の親だ？」

「中村の親父さんが買ったのか」

ドアが開いて、人が降りてきた。

「ああ！」

思わず小夜子は声を出してしまった。その声に周囲にいた生徒や先生たちが怪訝な顔をする。

「甲野さん、お知り合いですか」

なにも喋れなかった。

近づいてくるその人は。

五年間、一日たりとも忘れたことはない。

少し頬がこけて精悍になった顔。

鋭い瞳が自分を見つめていた。

「小夜子」

懐かしい声で呼んだ。

「どうして」

大股で近づいてくる男を校長が制した。

「あなた、誰ですか。関係者以外は学校に入らないでください」

彼は――安岡秀樹は校長の前で立ち止まり、はっきりと言った。

「私はそこにいる甲野小夜子の関係者です。彼女を連れていきます」

「つ、連れていく？」

小夜子はまだ呆然としていた。いったいなにが起こっているのだろう。

「甲野先生、この人の言っていることは本当ですか。あなたのお知り合いですか」

校長に返事をしなければ、だが涙が溢れて言葉にならない。

「その人は……」

自分の、なんだろう。

かつて愛した人、だが今は他の人と結婚しているはずだ。

だが自分に差し出された左手には指輪がなかった。

「小夜子、待たせたな」

「……どういうこと」

彼は野村佳苗と結婚したのではないのか。

「あなたは結婚したはずでしょう。どうして私を迎えに来たの」

「結婚はしなかった」

すぐには意味がわからなかった。

「待って、どういうことなの」

「説明はあとでゆっくりする。まずは俺と一緒に来てくれ」

秀樹はさらに手を伸ばそうとする。その前に生徒たちが立ちはだかった。

「何者だ、お前」

「どこの街の人間だ」

「小夜子先生をかどわかそうとしてもそうはいかないぞ！」

秀樹は子供たちの顔を見回してくすりと笑った。

「お前はいい先生なんだな」

彼は生徒の頭越しにこちらへ手を差し伸べた。

「どうする。ここで先生を続けるか、それとも俺と来るか。お前の意思で決めてくれ」

足元がぐらぐらと揺れる。さっきまで穏やかだった日常が一変してしまった。

（この人は）

いつもそうだ。

自分が運命に身を任せようとした時、突然現れて攫ってしまう。

そして溺れるほどの愛で満たしてくれる。

（私はどうしたいのだろう）

東京から逃げ出してきたこの場所で教師として生きてきた、それは優しくて温かい日々だった。

この暮らしを愛している、でも――。

「私は」

小夜子は生徒たちを掻き分けた。

「あなたと一緒に行くわ」

強い力で手を掴まれた。その感触に五年の月日が一気に飛び去る。

「秀樹さん……！」

小夜子は彼の胸に飛び込んだ。胸の奥でずっと押し殺していた感情が破裂したようだ。

「小夜子先生！」

生徒たちの声を背中に、小夜子は秀樹の車に乗り込んだ。自分と結婚したいと言った誠が泣いている。

「さようなら、元気でね」

車の窓を開けて手を振ると、彼が走り寄ってきた。

「小夜子先生、どこへ行くんだ。その人は誰なの」

小夜子ははっきり言った。

「私が愛している人なの」

車はゆっくり発進し、校門を抜けて田舎道を走る。小夜子はしばらく後ろを振り返って生徒たちに手を振り続けた。

「すっかり先生になっているんだな」

ようやくゆっくり秀樹と話すことができる。だが小夜子はしばらく黙って彼の横顔を見つめていた。

「なにも聞かないのか」

聞きたいことは山ほどある。それなのに口が動かなかった。

「……会いたかった」

やっとそれだけ言えた。それ以上口を開いたら涙が溢れてしまいそうだ。

「……今夜は草津温泉に泊まろう。このまま東京へ帰るつもりだったが、さすがに少し疲れた」

車は山道へ入り、やがて温泉街に到着した。一番大きな旅館に入ると、突如現れた大きな車に仲居たちが驚いていた。

「静かな部屋は空いているか」

秀樹と小夜子は本館から離れた離れに案内された。山地の部屋はまだ寒いので、中には火鉢と炬燵に火が入っている。

「ごゆっくり」

わけありと悟った仲居は茶を入れるとすぐに出ていった。秀樹は着てきたシャツとズボンを脱ぐと部屋にあった浴衣に着替えた。

「さすがに一晩運転を続けると疲れるな　風呂に入ってくる」

「東京から休まずに来たんですか！」

驚いた。汽車でも半日はかかる距離なのだ。

「駅から汽車に乗ろうとしたら、母の使っている男たちにあとをつけられたんだ。彼らにこの場所を見つかるのはまずい。ここに来るには車を使うしかなかった。ガソリンとスペアタイヤを積んで出発したんだ」

秀樹は手ぬぐいを持って出ていった。小夜子は部屋で一人、物思いにふけっている。

だ。

きっと、彼の実家はまだ自分のことを許していないのだろう。結婚の前日に逃げ出したの

（そこまでして私を）

それでも秀樹は自分を諦めなかった。

改めて胸が熱くなる。五年間、思い続けていたのは自分だけではなかったのだ。

（私、愛されていたんだ）

「いい湯だった、お前も入ってこい」

「はい」

涙を隠して小夜子は浴衣に着替え、温泉に入った。部屋に戻ると秀樹は火鉢の側で手をあぶっていた。小夜子は思わず笑ってしまう。

「なにがおかしい」

「いえ……あなたも日本っぽいことをするのね」

屋敷では洋服にナイフやフォーク、眠るのも寝台で日本ぽいところはなにもなかった。

だが浴衣を着て火鉢にあたっている恰好は普通の日本人と変わらない。

「アメリカで五年過ごしたら、さすがに日本が恋しくなった。私も歳を取ったようだ」

「アメリカ、ですか？」

二人で火鉢にあたりながら、今までのことを聞いた。

「お前がいなくなったあと、婚約を解消したんだ」

秀樹は小夜子への想いを貫くため、佳苗に婚約の解消を申し込んだ。すでに小夜子の噂を耳にしていた彼女はすぐに同意した。

『私、男性にも貞操は必要だと思いますわ。結婚前から恋人を作るような方、こちらから願い下げです』

そう言われ婚約は解消できたが、問題はそれだけではなかった。

「すぐにお前を追いたかった。だが私にはぴったり人間が張りついていて、修道院に行方を聞きに行くこともできなかった。手紙もすべて開けられる。その後、突然人事異動でアメリカに飛ばされた。母に命じられた父がやったことだ。手も足も出なかった」

そんなことになっていたのか。自分だけではなく、秀樹も苦しんでいたのだ。

「いっそ銀行も家も捨ててお前を追いたかった。だが力のなくなった私ではお前を守れない。力を蓄え、誰にも負けない男になりたかった。あんな惨めな思いはもう二度とごめんだ」

「秀樹さん……」

言い知れぬ感動が胸に溢れる。彼がそれほど想っていてくれていたなんて。

「アメリカで私はひたすら仕事に邁進(まいしん)した。社内に味方を作った。父や母に逆らっても生きていける存在になりたかった。そして」

彼はいったん言葉を切った。

「父が倒れたんだ。命は取り留めたが軽い麻痺が残った。頭取としての仕事はできない。引継ぎの予定が早まったんだ」

「えっ、それじゃあ」

会社でも彼の立場はさらに重くなる。そんな男の側に自分がいていいのだろうか。

不意に彼が自分の手を握る。

「だから、私の側にいてくれないか」

すぐに返事は出なかった。

「私で……いいんですか」

まっとうに生きてきたつもりだが、経歴はまっさらではない。一度は妾になろうとした女だ。佳苗は去ったが、彼にはもっとふさわしい女性がいるはずなのだ。

秀樹は火鉢の側で、小夜子の体を抱きしめた。

「お前を迎えに来るために力をつけたんだ。もう誰も私を止める人間はいない。母親はもちろん反対しているが、父の看病で手いっぱいだ。やっと自由になれたんだ」

喜びが体を駆け巡る。やっと、やっと彼への愛をなんの抵抗もなく伝えることができる。

「本当に、大丈夫なのね、あなたを愛しても」

彼の手が髪をくしゃくしゃにする。

「よくぞ私を待っていてくれた。アメリカにいる間にお前が結婚していたらと思うと気が気ではなかった」

彼の肩をぎゅっと掴んだ。

「そんなの無理よ、あなたより好きになれる人なんか、いなかったわ」

秀樹はいったん体を離すと、顔を近づける。

目を瞑って彼の接吻（せっぷん）を受けた。柔らかく、優しい口づけだった。

「柔らかいな、久しぶりに触れると」

まるで初めて接吻をする若者のようだ。小夜子は彼の髪に指を通す。

「五年よ、五年……もう忘れられているかと思ったわ」

神に祈る生活を選択しようとしたのも、心の奥で彼を待っていたからだ。彼を待つ暮らしがつらくなったから。

諦めたつもりで諦められなかった、そんな思いが負担になっていたのだ。

(諦めなくてよかった)

彼を信じていてよかった、心が通じていてよかった。

小夜子はただ無心で秀樹に抱かれていた。

「愛している」

やっと言ってくれた言葉、今は素直に聞けた。

「愛しているわ」

心の内を素直に言える、それだけでこんなに嬉しい。

「私の妻になってくれ、いいか？」

そっけない言い方にも熱を感じた。

「私でよければ」

そのまま床に倒され、何度も口づけをされた。

「今すぐ抱きたい。どうしてここに布団がないんだ。アメリカだったらホテルにはもう寝台があって、一日中だって抱き合っていられるのに」

まだ部屋には敷かれていなかった。小夜子はくすくすと笑う。

「ここは日本だからしょうがないわ。私はこっちのほうが好きよ」

夕食の時間まで二人はたっぷり抱き合い、キスを繰り返した。夢の中にいるようだった。


夕食が終わり再び温泉に入ると部屋に布団が敷かれている。ふわふわの真綿で雲に乗っているようだ。

「ああ、気持ちいいな」

浴衣のままその上に横たわる秀樹の横に小夜子も寝そべった。目尻に少し皺がある。日に焼けたようだ。

「私、変わったかしら」

五年のうちに年齢が体に現れたような気がする。胸の上が痩せて膨らみが薄くなった。屋敷にいた時のようにしっかりと支える下着はもう長い間つけていなかった。

「お前は変わっていない」

「老けたでしょう……」

秀樹は小夜子の浴衣の紐に手をかけた。

「いいや、ますます美しくなった。経験した日々がお前をさらに輝かせている」

浴衣の前をはだけられる。白く柔らかな肌が露わになった。

「ああ、この肌に触れたかった……」

秀樹の手が乳房を覆う。その性急な仕草にかえって欲望を掻き立てられる。

「あう……」

ずっと独りだった体が目覚めていく。固い種が水を与えられて芽吹き、花開いていく——。

「ああ、会いたかった、会いたかったの……！」

忘れようとしていた。彼がいなくても生きられると思っていた。

そんなの、無理に決まっている。

こんなに熱くて美しい男を忘れられるはずがない。

彼の熱が自分に燃え移って、全身が炎に包まれてしまう。

「あなたも、脱いで」

秀樹は浴衣を脱ぎ捨て、小夜子に覆いかぶさる。男の固い筋肉が直に触れた。

「細くて、抱きしめたら折れてしまいそうだ」

小夜子は自分から足を彼の腰の上に乗せる。

「折れないわ、だからもっと、抱きしめて……」

秀樹をもっと感じたかった。全身の皮膚を触れ合わせたい、もう二度と離れないように。

熱い息が耳元を擽る。それだけで官能が全身を駆け巡る。

「お前は耳まで愛らしい」

耳朶を唇ではさまれる。舌で擽られるとそんなところまで感じてしまう。

「あ、ああ……」

自分の声が甘かった。

「いい声だ」

秀樹の手が優しく乳房を弄ぶ。ようやく落ち着きを取り戻した仕草にさらに官能を煽られる。

「お前がもし他の男のものになっていたら、嫉妬で頭がおかしくなっていたかもしれない。こんなに美しい体を誰かに取られるなんて耐えられない」

彼の舌が乳首を覆う。ぬるりとした感触に小夜子は悲鳴を上げた。

「ひゃう、や、感じちゃう……!」

じいんという感触が胸だけではなく全身を駆け巡る。くちゅくちゅと軽く噛まれると気が遠くなるほど気持ちがいい。

「もうこんなに大きく膨らんでいる、感じているんだろう」

以前は言えなかった素直な言葉が口から溢れる。

「いいの……気持ちいい……体が蕩ける」

秀樹はたっぷり乳首を愛撫してから下に下がっていく。

「あ、待って……」

彼にすべてを見せることにまだ躊躇いがあった。

「恥ずかしいわ、久しぶりなの」

彼の手は力強く小夜子の足を開かせる。

「久しぶりだから、充分に慣らしてやらなくては」

その言葉だけで体が熱くなる。秀樹の顔が足の間に入っていった。

「ああ……」

体の奥まで開かれる、久しぶりの感触だった。熱い息がそこにかかる。

「ひゃん……」

中心から前に向って舐め上げられる。敏感な芽に舌が一瞬触れただけで飛び上がるほど感じてしまう。

「やん、凄いっ」

長い禁欲で封じ込められていた欲望が一気に噴出した。足ががくがくと震えている。

「もう濡れ始めている、お前の花が咲きだしたぞ」

「ああ……早く……」

羞恥も躊躇いもどこかへ消えていく。彼に触れられたらあっという間に五年前の体に戻っていた。

「まあ待て、じっくり開かせてやる。中はまだ固いようだ」

彼の舌が奥へと侵入する。そこは確かにまだ狭く彼の肉体を拒んでいる。彼は深く舌を進めると奥で先端を蠢かせる。

「ひやああんっ、駄目っ」

硬い蕾だったそこは一気に充血して柔らかくなっていく。うねうねとくねって彼の舌を包み込んだ。

「ようやく開いてきた、奥に蜜がたっぷり溜まっている」

秀樹は舌で小夜子の蜜を掻き出すとちゅっと啜る。奥を吸われる感触に小夜子は悶(もだ)えた。

「ふああ……もう、我慢、できないっ」

びくんと体が痙攣した、あっという間に達してしまったのだ。体内がきゅっと締まる。

「いったな……ああ、早くこの中に入りたくて仕方がない。まだ奥がひくついている」

小夜子は悲鳴のような声を上げる。

「早く……早く、来て、お願い……！」

早く繋がりたい、本当に彼が帰ってきた実感が欲しい。

秀樹は体を起こすと腰を前に進める。

「入るぞ……」

たっぷり濡れてはいるが、五年ぶりの逢瀬だった。体内はまだきつい。

その中へ彼の塊がゆっくりと入ってきた。

「ああ」

押し拡げられる感触に小夜子は思わず顔を顰める。

「痛いか」

彼はいったん動きを止める。

「いいえ……ただ、久しぶりなの。奥に入ったらいったん止めて頂戴」

秀樹は小夜子の言う通りにしてくれた。腰を摑んで奥まで貫くと、繋がったまま体を抱きしめる。

「温かい……」

そういう彼の体こそ温かい。背中に手を伸ばすと汗で湿っていた。

「お前の中が気持ちいい、すっぽり包まれていて、吸いついてくる」

自分の体が彼に合わせて変わっていくのを感じた。圧迫感が薄れ、体内のものをしっかり感じている。

「あなたが、中にいるわ、本当にいるのね」

両手と両足で彼にしっかりと摑まる。すると体内のものがぐっと大きくなったようだ。

「なんてことだ、もういきそうだ、こんなに早く……」

その性急さはそのまま自分への熱情だった。小夜子は彼の頭をそっと引き寄せる。

「来て、私の中へ……」

秀樹の腰が動き出した。体内が太いものでえぐられる。

「あっ、ああ……」

自分の体が変わっていく、一人で生きてきた肉体が彼を受け入れるものに変貌する。

「いいの、素敵……」

「気持ちいい、溶けてしまいそうだ」

「もっと深く、繫がって……」

揺さぶられているうちに彼と動きが一致する。彼の体と一つになる。

「うう、出る……！」

体内で弾ける感触があった。奥深くに注がれる、その瞬間全身に歓喜が拡がった。

もう孕むことを恐れなくていい、その事実が歓びをさらに倍増させる。

「ああ、あああ！」

秀樹の体を強く抱きしめる。全身がぶるぶると震えて絶頂の波が何度も訪れた。

「気持ちよかった……こんなにいいのは初めてだ」

「私もよ……とても、よかった」

小夜子の目尻に涙が滲んでいた。その粒を秀樹は口づけでぬぐう。

「愛している」

繋がったまま囁かれる、愛の言葉。

どんな刺激よりその言葉が小夜子の体を蕩かした。

帝国大学病院の車寄せに秀樹のフォードがゆっくりと入る。

「本当に、行くの？」

ここには秀樹の父である安岡力が入院していた。

「いいんだ、父の前ではっきり宣言する。そうすればもう母もなにもできなくなる」

階段を上って最上階の部屋に到着する。貴賓室と書いてあるこの部屋に秀樹の父がいるのだ。

彼が扉を軽くノックする。

「誰？」

低く聞こえる声は確かに貞子のものだった。

「秀樹です。小夜子もここにいます」

しばらく応答はなかった。小夜子は身が縮む思いだ。

(やっぱり駄目なのかしら)

永遠に思える沈黙の後、やっと答えがあった。

「入りなさい」

秀樹と共に入室すると、寝台に横たわっている老人、その側で椅子に座っている貞子がいた。

貞子は地味な紬に身を包み、少し白髪が増えたようだ。五年前の華やかな威圧感はみじんもない。

「とうとう連れて帰ったのね」

自分を見る視線にも力がなかった。

「……ご無沙汰しております」

貞子はすらりと立ち上がり、二人に近づく。

「お前のことは一生認めないわ。でも、もう私たちの代は終わってしまった。これからは秀樹さんの代よ。力さんは退院してももう元のようには勤められない。あなたの粘り勝ちね」

勝ち負けのつもりはなかった。だが彼女の中ではそうなのだろう。

貞子は病室を出ていった。部屋の中には秀樹と小夜子、そして安岡力の三人だけになった。

「お父さん」

秀樹が横たわっている父に話しかける。

「この人が私の愛した人です。あなたがなんと言おうと結婚する。必ず幸せにします」

その老人、安岡力はすでに白髪の老人だった。浴衣に包まれた胸元も肉が落ちている。

皺に包まれた瞼がゆっくり持ち上がった。

「……なぜ私に逆らう。お前の母を捨てた父への仕返しなのか」

胸が痛くなった。自分への愛は母への愛の代償なのだろうか。

だが秀樹は首を横に振った。

「いいえ、私は彼女を彼女として愛している。彼女も私を愛してくれています。ただ、それだけなのです」

息子の言葉を聞いた力は再び目を閉じる。

「愛などというつまらないもののために野村との縁談を反古（ほご）にしたのか。なんという馬鹿者だ。そんな人間が帝国銀行を支えていけるのか」

秀樹は言葉に詰まっている。頬がほんのりと赤い。侮辱されて怒っているのだ。

「お父様」

小夜子は秀樹の後ろから一歩踏み出した。

「なんだ、女」

名前も呼ばれぬ、ただの女としか見てもらえない。それでも小夜子は彼に向って頭を下げた。

「初めまして、甲野小夜子と申します。秀樹さんと結婚させていただきたいのです」

力の目が再び開いた。衰えてはいてもその眼力は強い。

「お前と結婚することで帝国銀行にどれほどの損失をもたらすかわかっているのか。子供を産む程度では埋め合わせにならんのだぞ」

その声は恐ろしかった。だが小夜子は負けるわけにはいかない。

「私はなにかを埋め合わせるつもりはありません。私が秀樹さんと結婚することがこの世で一番価値のあることですもの」

思ってもみなかった言葉が口からこぼれる。自分を睨みつける力に向って小夜子は言葉で抵抗する。

「お父様はなぜ秀樹さんのお母様をお捨てになったの？　あの方が自ら亡くなったのはお金ではなくあなたを愛していたからではないでしょうか」

秀樹が自分の顔を見る。小夜子はさらに言葉を続けた。

「秀樹さんのお母様はあなたを本当に愛していました。それなのにあなたはまるで古い家具のように人に譲ろうとした。お金では決して買えない、貴重なものを捨ててしまったのです。価値がわからないのはどちらでしょう」

力の顔が赤くなっていく。怒りに火をつけてしまったようだ。

「許さん、お前の結婚だけは許さん」

そんな父を見ながら、秀樹は小夜子の肩を抱いた。

「お父さん、もうあなたにそんな力はないんだ。銀行の役員にも私の味方はたくさんいる。あなたが反対しても私は小夜子と結婚するよ。もうそれができるようになった」

力は寝台から起き上がろうとした。だが眩暈がしたのかすぐに頭が枕に落ちてしまう。

「許さん、許さん……」

その声にももう力はなかった。秀樹は小夜子の肩を抱いたまま、静かに病室を出ていった。

二人で車に乗り込み、都内を走る。やがて見覚えのある道に入っていった。

(ここは)

懐かしい、麻布のあの屋敷だった。

「待っていろ」

初めてここを訪れた時と同じように秀樹が自分で錠を開けた。

「ここはまだ残っていたのね」

玄関から中に入る。電気は通っていないらしく暗いが、それほど埃は溜まっていない。

「二階に行こう」

秀樹に手を取られて階段を上がる。

「ああ」

あの時と同じ寝台がそこにあった。小夜子は思わずため息を漏らす。

「布団は駄目だな、かび臭い。全部取り換えよう。カーテンも全部新しくするんだ」

まだ小夜子には実感がなかった。昨日まで群馬の先生だったのに。

「私、本当にあなたと結婚するの？」

秀樹は小夜子の目の前にひざまずく。

「なに、なんなの」

「正式に申し込む、私と結婚してくれ」

目の前に小さな箱を差し出された。ふたを開けると中には金剛石の指輪が入っている。

「これは……」

思わず箱を手に取った。その石は、自分が五年前持って逃げたものによく似ていた。

「あの時の石だよ。いいものは宝石商の間で評判になる。お前が上野の質屋で売った石は安岡出入りの宝石商に流れてきた。彼はすぐにお前の石だとわかっていたよ」

五年前、群馬に行く直前に質屋で金剛石を売った。それはすぐ見つかってしまったのか。

「買い戻したのは私の母だ。放っておけば安岡の恥になると言って——それをくれと言ったんだ。石だけ持ってアメリカに行き、向こうで指輪にしてもらった」

美しい金の指輪だった。高爪に金剛石がはまっている。

「この石、とっても綺麗だと思っていたの。売るのが惜しかったわ」

秀樹はそっと小夜子の体を抱き寄せた。

「この指輪が気に入ったのはわかった。今はプロポーズの返事を聞かせて欲しい」

プロポーズ、それが結婚の申し込みという意味であることは小夜子も知っていた。

「私でいいのね」

秀樹は指輪を箱から取り出すと小夜子の指にはめた。左の薬指に光が宿る。

「お前がいいんだ」

二人は抱き合った。穏やかな午後の光だけが部屋を満たしていた。

あとがき

こんにちは。ハニー文庫様で四冊目の著作『買われた令嬢は愛欲に縛られる』を無事刊行することができました。

二〇二〇年は誰もが想像することのできない事態が起こり、まったく影響のなかった人などいなかったのではないでしょうか。

私も日々の買い物に気を遣うことが増え、知らぬ間に疲れがたまっていたかもしれません。

そんな中、架空の世界を作り出すことがかえって励みになっていたような気がします。

今回は大好きな大正ロマンの世界に挑戦してみました。小夜子は親の借金のため身を売りますが、ＮＨＫの朝ドラ『おちょやん』も同じ状況で、借金の額も同じだったので驚きました。

小夜子はおとなしいですが芯の強い、こうと決めたら決して挫けない女性です。秀樹は最初冷酷に見えますが、内に熱い気持ちを秘めています。二人の気持ちがやっと通じ合った場面を書いていて自分まで嬉しくなりました。

Ｃｉｅｌ様は三度目のお仕事ですが、いつも華麗なイラストを提供していただきありがとうございます。今回もとてもエロティックかつドラマティックな作品にしていただきました。

資料として前田家のお嬢様だった酒井美意子さんのエッセイ『ある華族の昭和史』を読みました。戦前の女学校に通っていた令嬢ですが、意外と自由で結婚相手も親のいいなりではなく、かなり自分の意思で決めていたようです。箱入りで育てられていると思っていたので驚きでした。戦後ほとんど財産を失った後の活躍もとても面白く、小説のようでした。

前田家のお屋敷は今、目黒区駒場で一般公開されています。無料で見学できますので、機会がありましたらぜひ行ってみてください。

今の困難な時期はしばらく続きそうですが、お互い頑張って乗り越えましょう。皆さまの健康と幸運をお祈りします。

吉田行

吉田行先生、Ciel 先生へのお便り、
本作品に関するご意見、ご感想などは
〒101-8405
東京都千代田区神田三崎町2-18-11
二見書房　ハニー文庫
「買われた令嬢は蜜愛に縛られる」係まで。

本作品は書き下ろしです

買われた令嬢は蜜愛に縛られる

2021年 3月10日　初版発行

【著者】吉田行

【発行所】株式会社二見書房
東京都千代田区神田三崎町2-18-11
電話　03(3515)2311［営業］
　　　03(3515)2314［編集］
振替　00170-4-2639
【印刷】株式会社 堀内印刷所
【製本】株式会社 村上製本所

落丁・乱丁本はお取り替えいたします。
定価は、カバーに表示してあります。

ISBN978-4-576-21018-6

https://honey.futami.co.jp/